U0138996

教你擠出
八萬字
法學論文

別再
論文 剪貼

楊智傑 著

自序

回想當年，當研究生時，每個人都是模仿前輩學長姐們的論文，透過模仿、摸索、學習，自己慢慢找出寫論文的方法。當時並沒有看過「論文寫作」這樣的書。尤其是註腳格式，就算拿到博士學位，還是沒有全部學會，直到擔任教職後發表論文，反覆摸索，一錯再錯，經過多年的投稿經驗後，才慢慢掌握箇中訣竅。

擔任老師幾年，開始指導學生論文，並且口試他人學生論文，發現學生似乎無法掌握論文寫作的許多技巧，包括論文結構、引註格式等。而隨著臺灣大專院校的擴張，學生的素質確實改變，論文的品質也在改變。

也許學生們需要一本教導法律論文寫作的書籍。我才出道不久，是資淺老師，研究並不突出，並無資格教導他人撰寫法學論文。經出版社邀請，本來猶豫不決。但每每看到自己指導學生的論文，一再反覆出現相同問題，覺得若能寫下自己論文寫作的心得，分享給同學，對悟性不高的學生來說，還是能有所幫助。因此，縱使出此書或許會引起側目，仍答應撰寫。

中國大陸之法學發展也許落後我國，但早已出版多本法學論文寫作專書。美國法學界對論文寫作格式要求龜毛，出版的法學論文寫作專書也不少。本書之寫作，參考了幾本美國法學論文寫作專書，以及大陸出版的法學論文寫作專書，也參考了一般的社會科學論文寫作專

書。不過，各國法律論文，及其他社會科學，都有各自的典範，臺灣也不例外。本書雖然參考他人心血，但整本書之構思，充滿了臺灣本土特色。我也希望這本書確實呈現了臺灣法律學生寫論文時，要注意的方方面面。

　　寫作過程，部分資料經助理張家維、方濟龍協助蒐集提供，在此一併感謝。

楊智傑　　2015.6.15

目錄

第 九 章　論文架構　135

第 十 章　內容寫作　161

第一章　八萬字的挑戰

一、八萬字論文

（一）至少八萬字的不成文要求

法律的碩士論文到底要寫多少字？一般有個不成文的認知，學生不該把碩士論文當成「一篇論文」寫，而是當成「一本專書」來寫。那麼，一本專書應該寫多少字，並沒有標準答案，但一本書，起碼也應該有五個章節，第一章緒論和第五章結論也許可以寫短一點，假設緒論寫八千字，結論寫二千字，那麼第二章至第四章，若每章至少一萬字，整本「專書」五個章節，至少應該四、五萬字。

可是現實上，碩士論文通常都不只四萬字，而會寫超過 100 頁。若每頁為 800 字，那麼碩士論文，至少就應該有八萬字。八萬字是不是成文的要求？我真的看過某個學校的法研所，直接在畢業規定中，明定了碩士論文至少八萬字的門檻。但是，不要以為八萬字好多。事實上，大部分法研所的碩士論文，可能都超過 150 頁，字數都超過十萬字。

除非研究所的畢業規定，有明確要求碩士論文要寫八萬字，其實到底要寫多少字，還是看指導教授的要求。只是因為國內法律系所的師生，都已經習以為常、蔚為風氣，就算個別指導教授認為，碩士論文的價值不在字數，而在參考文獻的多寡，以及是否寫了臺灣沒人寫過的東西，或者提出臺灣沒人提過的主張，但是，小蝦米難以對抗大鯨魚，普遍來說各校的碩士論文，還是至少有八萬字。

雖然，我也看過碩士論文沒有八萬字的，但如上所述，至少也會有五萬字。

（二）怎麼生得出八萬字？

　　八萬字的碩士論文，怎麼生得出來？如果邀請我至研討會寫一篇論文，但要求我寫八萬字，我一定說沒有辦法。一般來說，我不管寫正式的學術論文，或者在研討會發表的論文（算是研究初稿），最多只能寫三萬字。若要求超過三萬字，我還真的沒什麼東西可以寫了。既然身為教授的我們，都沒辦法寫八萬字了，那學生怎麼寫得出來呢？

　　學生所寫的八萬字，跟教授所寫的三萬字，在論文的「質」上，有很大的落差。我們可以說，教授寫的東西，通常是寫一個臺灣沒人寫過的東西。而在論文中對於臺灣既有的文獻討論，會用比較精簡的方式，做文獻回顧、整理學說見解。所以，我們有時候會說，教授寫的論文，討論較為「細緻」、「精簡」，且文字「密度較高」。亦即，教授可能用論文中的五千字，就把國內既有的法學討論，做了清楚的回顧與整理。但是，若是學生來寫碩士論文，不能寫得太「精簡」，不能用五千字就把國內的討論交代完。如果五千字就交代完國內的討論，那剩下的七萬五千字，要去哪裡生出來？

　　所以，學生所寫的論文，這八萬字裡面，也許至少三萬字，是在回顧整理國內的學說與討論。甚至，有的學生的碩士論文，因為無法參考外文資料，所以整本論文都在「回顧整理國內的學說與討論」。教授可以用五千字交代完的東西，學生要用至少三萬字交代，因而，也形成一個現象，就是臺灣學生的法學碩士論文，有大量的「剪貼抄襲」現象。

　　教授在整理國內的學說見解（甲說、乙說），會用扼要的方式，將該學說的核心精華，加以濃縮介紹出來。而學生在整理一個爭議的學說見解（甲說、乙說）時，為了「湊字數」，通常會將各國內名師的見解，「整段」或「整頁」的照抄。也就是說，教授對甲說的介紹，也許可以花三百字介紹完，但學生對甲說的介紹，也許就剪貼了三千字。

　　其實，或許就是因為八萬字的要求，才會導致學生大量的剪貼，而不是自己將他人學說濃縮起來。

二、論文剪貼與抄襲

（一）中正大學法學期刊事件

2012 年時，中研院法律研究所的研究員，指控中正大學法律學研究所張同學 2006 年碩士論文「論司法違憲審查之正當性爭議」，許多內容文字拷貝多位法學者原著，卻未加上引號。張同學碩士班畢業之後，將碩士論文的一部分，投稿在中正大學法學叢刊上的正式「期刊論文」，又出現相同狀況。其被指控的拷貝，就是指在論述時「剪貼學者的其他論文的段落」，且未清楚引註。這位中正大學法學院的畢業生，當時已經到德國念博士。中研院的研究員認為，這位同學的行為是「丟臉丟到德國去」。

當時看在我眼裡，覺得這個現象，不用大驚小怪。這位中正大學法研所碩士畢業生的論文，之所以在論文中會大量剪貼，其實可以說是「法學碩士論文」普遍存在的現象。而之所以會有這個原因，這是碩士論文八萬字的要求。

我所看過的法學碩士論文，十本裡面，有五本都有這種「剪貼」現象，我一點都不覺得奇怪。如果這位中正大學法學碩士，只是碩士論文中有這個問題，也許沒有人會對他提出嚴厲批判。畢竟碩士論文只是個人的學習論文，就算亂寫、沒程度，那也是學生個人的問題。

真正有問題的是，他將碩士論文的一部分內容，又投稿到中正大學法學叢刊，變成一篇獨立的期刊論文。而我們對期刊論文的檢驗標準，就是採取「教授標準」，認為所有的論述，都必須出自己手，不能剪貼；就算有少數引用他人見解需要剪貼幾句話，則剪貼的那幾句話，一定要明確且清楚的引註所剪貼的那句話的具體出處（具體到包括頁數）。

這位中正大學碩士畢業生，就是因為投稿在正式刊物上的期刊論文，仍然有剪貼的問題，才導致中研院研究員的集體攻擊與嚴厲譴責。

中研院的研究員，當時還請研究助理製作了一份清楚整理的論文剪貼對

照表，這幾乎已經等於智慧財產法院在做著作權侵害鑑定時，所要求提供的鑑定意見書。而通常這種鑑定意見書的行情價，可能超過十萬元。中研院研究員為了學術倫理與規範，不收十萬元也要做這種對照表，可見中研院研究員的確很在意這件事。

但為何要在意這種事？這不是法學碩士論文普遍存在的現象嗎？為何要特別針對這位學生呢？也許，是中研院研究員想要藉由這個個案，來扭轉整個法律圈論文寫作抄襲的普遍歪風，殺雞儆猴。又也許，這位碩士畢業生後來到了德國念博士，與同樣都是留學德國回來的中研院研究員們，在德國有過什麼過節吧。不過，我們外人就不知道內情了。

（二）連註腳也剪貼

每次擔任碩士論文審查委員，或看學生的課堂報告，常看論文的我，對於學生論文中的註腳，非常敏感。常常只看了幾秒鐘，就知道這篇論文，是自己寫的，還是大量剪貼的。為什麼呢？

因為這篇論文的註腳中，可能出現了「不誠實的引註行為」。也就是不只是引用所剪貼的這篇文獻的「內文」，而是把這篇文獻「所引用的註腳」，也通通剪貼過來。亦即，其不只是剪貼該篇文獻的內文，而把註腳也一併剪貼過來了。

這其實是嚴重違反學術倫理的行為。剪貼他人論文中的內文，只要你誠實引註，我們或許不會苛責。但若你連他的註腳也剪貼過來，明明自己沒有看那些文獻，卻把那些文獻變成自己的註腳，這是一種「欺騙」（cheating）。

同學之所以會「剪貼他人註腳」，有二種心理：

1. 學生們在大量剪貼他人論文之後，會有「隱瞞心理」，不想讓別人知道，自己連續好幾頁，都只剪貼同一位學者的同一篇文獻，因此，乾脆把他人論文中的註腳，一併剪貼過來，這樣看起來，自己也讀了不少文獻。

2. 老師指責同學的論文初稿，都沒有參考外文資料，同學因而想要在註腳中，起碼引用幾篇外文資料；但自己又不想看或不會看外文資料。因而，就把文獻中他人所引用的外文文獻，通通剪貼到自己的註腳中。

　　但是，為何剪貼他人註腳，老師一看就知道是剪貼來的？而非自己看過該文獻才引用的呢？這個，就涉及「註腳引用格式」的問題。很多同學不了解註腳的引用規則，就把他人的註腳剪貼過來。由於沒有真的了解其引用規則，所以不知道他人所引用的文獻，換成自己來引用，可能有一些格式要修改。但因為不了解註腳引用規則，註腳是貼過來了，但沒有經過修改。所以明眼人一看，就知道註腳是剪貼的。

　　既然註腳都敢剪貼，那更不要說，內文應該都是剪貼的。這就是為何，身為老師的我們，一看這篇論文，往往先看註腳及參考文獻，大概就知道，你這篇論文的程度在哪裡。

三、不肯念外文

（一）至少要會一種外文

中國社會科學院法學研究所梁慧星教授在其《法學學位論文寫作方法》一書中提到，一個法學碩士，至少要掌握一種外語；一個法學博士，至少要掌握二種外語[1]。

看到這個說詞，連我自己都汗顏。我自己只能掌握英文這種外語，且研究比較對象通常爲美國；若我在過去的文章中有研究美國以外的國家（例如歐盟或日本），大多也是看英文文章的介紹，而非自己真的看得懂日文或德文。如此說來，我也不到博士程度了。

我曾經和友人討論過，臺灣學界早年確實有些老師很厲害，可以精通三種外語，包括日文、德文、英文。例如王澤鑑老師那輩的學者，本身受過日本教育，後來大學也唸過英文，又去德國唸書，三種語言都會。

而晚一輩的學者，比較厲害的，可以精通德文與英文。通常是去德國留學的老師，除了德文好，本來在大學時代英文就很好，所以可以左手寫英文，右手寫德文，雙手寫中文，例如蘇永欽老師、劉孔中老師、黃舒芃老師。不過現在這種語言天才的學者越來越少見了，若是去美國和日本求學的老師，大概就只會一種外語。

至於在本土拿博士的「土博」，則永遠被他人瞧不起，被認爲不會看外文。其實，要在臺灣拿碩士、博士，應該都至少會一種外語。最普遍的就是英文，因爲在臺灣研究所的課堂上，老師一般會指定外文讀物，要同學輪流報告。不過，留德、留日的老師，不太敢指定德文、日文的讀物。但是，留學美國的老師，普遍都會指定英文讀物，要求同學閱讀並輪流導讀。因此，在臺灣念研究所畢業的碩士，在過去，至少都會一門外語。

---

[1]　梁慧星，法學學位論文寫作方法，頁45，北京：法律出版社，2012年2月二版。

如果碩士跟隨的老師，是留德或留日，某些法律系或法律研究所要求要修第二外語，亦即德文或日文，那麼，這個碩士生可能就會在論文中使用德文文獻或日文文獻。

（二）碩士在職班

碩士在職專班是近年來很興盛的一種學制。近年來少子化的衝擊，以及法律系學生對未來工作的茫然，想念研究所的學生好像越來越少，這點可以從報名人數逐年遞減看出來。但有趣的是，雖然一般碩士班報名人數減少，但在職班的報名人數有時還比一般生報名人數多。

可能的原因是，雖然一般生有受到少子化及工作壓力的影響，但在職生的來源卻不受影響，因為在職生就是過去二十年畢業的人，投入職場工作，還缺少個碩士學位。過去二十年間畢業的人數，並沒有受到未來少子化的影響，而且由於現在唸碩士的人越來越多，在職的人也覺得自己想要拿個學位，只要工作時間允許，就會想回學校拿個學位。

沒錯，在職生大部分就只是想「拿個學位」，而非真的想要學到「碩士程度的研究方法」。所以一般而言，在職生都不太喜歡念外文。這對碩士課堂上大多老師會指定念外文讀物的方式來說，在職生都抱持著「盡量撐過去」的想法，除了自己被分配到的讀物，絕不會想念其他同學分配到的讀物。

因此，在職生普遍展現出不願意念外文的態度。老師們也知道在職生沒時間，也不敢給他們讀太多外文。因而，互相理解的情況下，對外文的要求就越來越低。

（三）一般生

甚至，現在不只是在職班不願意念外文，連一般生也每下愈況，表現出不願意念外文的傾向。當然，一般生的確也很辛苦，法律相關國家考試考科過多，考不上人生就是黑白，導致碩士學位證書比不上一張律師證照。因

此，老師們也知道學生因爲要準備考試，所以沒辦法兼顧外文的閱讀學習。

但老師們還是會希望，如果一般生要考試，就先放下課業專心去考試，考完後再回學校把學業與論文完成。但現在的一般生，一方面說要考試，所以不願意念外文；但又希望修課、寫論文可以同時進行。亦即，考生們不願意讀外文，但願意寫論文。他們不想被準備考試耽擱自己的論文與畢業時程，也不希望念外文耽擱他們考試與畢業。所以他們的優先順序是：1. 考試；2. 寫論文；3. 外文。但殊不知，外文研讀應該是寫論文的前提。

法律學生在碩士階段所接受的研究方法的訓練，大部分就是透過閱讀外文文獻，學習「比較法」的研究方法。如果一般生與在職生都不願意讀外文，如何學到「研究方法」，而又如何寫出「新東西」，寫出一本八萬字的論文呢？

（四）整本都在回顧性整理

一般來說，在法律研究上，如果不願意接觸外文，大部分就只能仰賴中文資料寫作，包括各校老師寫的期刊論文、專書，或者其他碩士生寫的碩士論文。這種只仰賴中文資料來寫的論文，某程度來說，只是將他人寫過的東西再整理一次。

甚至常常會發生的是，只看中文資料寫出的論文，好像是在寫課本。由於沒辦法把一個主題做更深入的研究，所以只好寫類似「回顧性整理」，亦即把所有這個主題的中文資料，拿來大統整，然後安排論文章節第一章、第二章、第三章，想把這個主題的所有資料，有系統地再整理並且重講一次。每次我看到這種「整本回顧性整理」的論文，我都不免會告訴他們，寫論文不是在寫課本，不是把別人寫過的東西又重新整理過一次，而應該寫出「新東西」。

當然，將所有這個主題發表過的文獻，有系統地整理出來，也的確需要一番工夫。或者，其實要寫一本體系清楚的課本，也不是件容易的事（請參

見本書第九章之介紹）。碩士生能夠把這個主題的所有中文素材，整理出有體系的「課本」，也算是功勞一件。

　　不過，更多時候，這種某主題的「回顧性整理」，早已經有很多人寫過，若碩士生也重複去寫這種「回顧性研究」，就好像已經很多人在寫民法的課本，你再寫一本大同小異的課本，如此而已。例如，已經有很多人寫過「醫療過失損害賠償」，你若再寫一本「醫療過失損害賠償」，並將這個主題的資料有系統地重新整理一次，那麼，你這本課本，與之前其他碩士生寫的課本，到底不同在哪裡？

四、五萬字差不多

由於法學碩士論文普遍存在的八萬字要求的不成文（或成文）規定，導致各法律研究所碩士論文普遍存在的「剪貼」歪風，卻由上述張同學一人扛起，實在很委屈。我個人認為，其實八萬字真的沒有必要。

一個學生的碩士論文，重點在於有無寫出新東西，如果沒有寫出新東西，寫八萬字也都是在剪貼。但若有寫出新東西，而且跟教授們正式發表的期刊論文一樣，是採用「密度高」、「討論細緻」的寫法，其實寫五萬字已經非常多了。

若閱讀大陸研究生的碩士論文，發現其一般的碩士論文長度，大約為三萬、四萬字，寫得特別長的，才會寫到五萬、六萬字❷。或許有人認為，大陸法學發展不如我們，所以論文長度一般短於我們。但實際上，大陸學生的用功程度，大多都超過我們臺灣學生的用功程度。其三萬、四萬字的碩士論文，寫得其實不差。反觀臺灣，硬要擠出八萬字，其實是在誘導學生犯罪（抄襲），沒有必要。

當然，這只是我個人的建議。可惜，問題又轉到另一個困難，學生如何寫出「新東西」呢？碩士學生若不肯看外文（不管德文、日文還是英文），不看國外的文獻，只看國內文獻，如何寫出「新東西」？寫不出「新東西」，又如何能「生」出至少五萬字的論文？

---

❷ 梁慧星，法學學位論文寫作方法，頁23，北京：法律出版社，2012年2月二版。

第二章 論文的選題

　　論文題目的選擇，其實跟研究方法有很大的關係，兩者有時是一個議題二個面向。例如，你想寫一個「著作人格權」的議題，但是，你希望研究的是韓國的著作人格權的保護，這就會與你的研究方法有關（你是否有辦法閱讀韓文？或蒐集關於韓國的相關討論？）。

　　本書打算在第三章，再深入介紹法律圈習慣用的幾種研究方法。但在此處我要先說明，法律的研究與「外文資料的閱讀」有很大的關係。雖然不是每個人一定都要閱讀外文才能研究法律議題，但是若不閱讀外文，能選的題目就會受到限制。也就是說，你的「題目」，與你採取的「研究方法」，有很大的關連。

　　讀者要先對此有一基本概念，才能繼續往下讀本章對論文選題的說明。

一、寫出「新東西」

　　論文主題如何選擇？學術論文要有價值，就是要有「貢獻」。而在法律論文，所謂的貢獻，就是必須寫出別人沒寫過的「新東西」。或者，用比較好聽的術語來說，就是要寫出有「原創性」（originality）的新東西。

　　換個通俗的講法，老師與學生在討論一個題目可不可以寫時，往往想的就是，可不可以寫出新東西？這個題目「可以做」嗎？有沒有「發展性」？

　　國內法學碩士班人數，每年將近 1000 人，每年產出的法學論文，包含學者的論文，可能高達 1500 篇。在這麼多人寫過這麼多議題的背景下，作為一個研究生，到底要如何挑選題目，才能寫出一個「新東西」呢？

二、選領域與選題目

因為論文必須「小題大作」，所以我們所選的題目，必須非常具體而深入，而不能選一個泛泛的大題目。

但是，我們不可能一下子就找出「具體」的「小題目」。因此，在論文選題上，往往先必須從大方向著手。這個大方向，包括老師的選擇，以及法律領域的選擇。

（一）大領域的選擇

在大方向的選擇上，首先你必須先決定，是要挑選「憲法」、「行政法」、「民事實體法」、「民事程序法」、「刑事實體法」、「刑事程序法」、「公司證券法」、「智慧財產權法」、「醫療法」等初步的大領域。

當然，你之所以會先有這個大領域，可能你在報考碩士班時，就已經決定了。因為現在國內的碩士班分組越來越細，包括「公法組」、「刑法組」、「民法組」、「基礎法學組」、「財稅法組」等，或者有所謂的「財經法律所」、「科技法律所」，因此，在最大一層的大領域的選擇，可能根本就不是問題。

（二）中領域的選擇

在大領域選擇後，要進行中領域的選擇。例如，同樣是研究「刑事程序法」，到底是要走「美國法」還是「德國法」還是「日本法」？其實，這個第二層次的選擇，一方面涉及指導教授的選擇，一方面涉及你自己的興趣與熱情。

1. 指導教授的選擇

在指導教授的選擇上，通常非常主觀。有的人就是喜歡這個老師，所以要跟這個老師。有的人是因為這個所只有這個老師做這方面的研究，所以不得不選擇這個老師。有的人將來想去美國，所以一定要選留美的老師；有的

人對日文有深厚興趣，所以一定要選留日的老師。

2. 自己的興趣與熱情

在中領域的選擇上，也可以考慮到自己的興趣與熱情。因為，一本碩士論文要寫八萬字，如果沒有充分的熱情與興趣，實在很難寫完。

對一般生而言，如果這個論文的領域，與自己未來想從事的工作領域有關，或自己的生涯規劃有關（例如想出國），這樣一方面你會比較有興趣與熱情，二方面對你未來應徵相關工作絕對有幫助。

對於在職班的同學，如果念法律研究所寫的碩士論文題目，可以與自己的工作內容結合，一魚二吃，那是再好不過了。因為在職班的同學往往工作繁忙，沒辦法花太多時間寫論文。但是在職班同學卻有一項優勢，就是非常熟悉自己的工作實務，若是剛好研究自己工作領域上會處理到的問題，在實務見解或案例的蒐集上一定更加豐富，且處理資料上也更游刃有餘。

（三）小領域或議題的選擇

在選定了中領域或指導教授後，到底具體的小領域或具體的議題，該如何選擇？通常，如果你很喜愛你的指導教授，你就多去聽指導教授的課，指導教授自然在課堂上，會提出很多可以做的題目與方向。

1. 主動的學生

有的學生非常積極且主動，可能很有自己的想法。這種學生，在聽課或閱讀文獻的過程中，可能就會聯想出許多「想法」，想到一些可以做的小題目。當想到這些想法時，可以在下課時間，與指導教授討論，討論該題目的可行性。如果指導教授也對這個題目有興趣，並認為「可以做」，當然就沒問題。不過，學生自己想到的小題目，指導教授有時可能會潑你冷水，告訴你有人做過了，或者他認為沒有發展性，或者他「個人不感興趣」。

2. 被動的學生

　　由於論文必須寫出新東西，到底什麼題目才是可以發展的？是有「新東西」可以寫？或者「沒人開發過的」？與其自己胡思亂想，比較保險的方式，可以直接問指導教授，看看指導教授有沒有什麼題目可以給？指導教授給的題目，可能跟他自己最近在做的研究計畫有關，或者跟外界請教他的一個問題有關，或者跟指導教授自己最近想研究的題材有關。不論指導教授如何給題目，通常指導教授會給的題目，就是他認為，「可以做」、「有發展性」、可以寫出「新東西」的題目。

　　因此，若是學生比較被動，沒辦法自己想出好的論文方向，不如直接跟指導教授請教。

三、如何寫出新東西？

有些同學並不喜歡閱讀外文，或者對外文有所恐懼。由於先天上只能參考中文文獻的侷限，實在很難寫出一些「新東西」。他們只能參考他人中文資料，把別人的研究成果再寫一次。

一般老師都會希望你的論文寫出一些「新東西」。寫出新東西不一定要用外文，對我國實務界出現的新議題或「新熱點」，光用中文資料，探討我國新議題，也可以寫出「新東西」。

想寫出新東西，Elizabeth Fajans & Mary R. Falk 建議，大概有下面三個方向：1. 新議題（new problem）；2. 新研究取向（new approach）；3. 新解決方案（new solution）[1]。另外，北京大學河海波教授也提出，所謂的創新，可以包括：1. 新問題；2. 新見解；3. 新材料與新方法[2]。上述分類幾乎都一樣。因而，以下我區分為四種寫出新東西的選題，依序介紹。

（一）新議題

1. 社會時事

想寫出新東西時，可以找一個「本土新議題」作為研究對象，由於議題是新的，所以一定可以寫出點「新東西」。

懼怕外文的同學，雖然沒辦法參考外文資料，進行太多比較法研究。但是，你們可以挑選一個國內尚沒有太多人討論過的「本土實務問題」，而嘗試將所有自己的法學素養、結合相關的法學論述，自己嘗試去分析這個新議題看看。

---

[1] 此一對新東西的建議，乃參考自 Elizabeth Fajans & Mary R. Falk, SCHOLARLY WRITING FOR LAW STUDENT 15-16 (4th, 2011).

[2] 河海波，法學論文寫作，頁 32-37，北京大學出版社，2014 年 3 月。

　　不過，到底什麼議題可能是新的？當你看報紙時，發現一個本土新議題，你可能會以為是新的、沒人研究過的題目。但是此時，我們必須進一步閱讀相關「中文」文獻，了解到底這個議題，國內有沒有人做過了。如果在進行初步的文獻蒐集與閱讀後，發現這個議題的確沒人做過，那就可以確認，這是一個可以做的新議題。

　　作為一個研究生，若想要獨立的思考，而且關心臺灣的法制環境的發展，那麼可以建議你，在選題上，直接挑選一個臺灣正在發生，而你很感興趣的法律問題或法律現象，或者你看不順眼的某個法案或某個判決，作為你的碩論題目。

　　我們通常說，研究論文要有一個「研究動機」，上述你對臺灣問題的關心，就是最好的研究動機。亦即，你就是出於對臺灣一個爭議問題有所懷疑、質疑，產生了研究動機，因而想進行研究。

　　由於這個「本土新議題」可能正在發展中，或者被學者所忽視，所以寫的人不多。同學寫論文，最怕沒有東西參考（抄寫），可能不敢挑戰一個沒人開發的新議題。但是，我建議同學可以自我挑戰，雖然這個新議題沒人著墨太多，但你仍可用既有的民法素養、刑法素養、公法素養，或任何你覺得有關的法學論述，套用那些已有的法學論述與邏輯，拿來分析這個本土新議題。也許，在這個本土新議題上，你的分析未必正確，但至少這是你利用既有的中文文獻與論述，套用在新議題所做的分析。這就是你碩士論文能做出的貢獻之處。

　　例如，2014 年 3 月臺灣出現了太陽花學運，太陽花學運引起許多大學生投入熱情與關心。而在這場學運中，也激發出許多公共議題，不但學生關注，大學老師們也很感興趣。例如，集會遊行的界線？國會警察權的行使？對兩岸協議的國會監督？警察職權力行使的界線？……等等。這些都是臺灣正在發展中的「新議題」，也是同學們茶餘飯後高度關注的社會時事。對於這些時事問題，同學們都可以選為自己的論文題目。因為議題夠新，大家都感興趣，相信也絕對可以寫出一些「新東西」。

2. 新判決

所謂的新東西，也可以挑選法院的新判決來寫。這裡所謂的新判決，包括國內各法院的新判決，或者國外的最新判決。當然，要寫國外的最新判決，你必須要有相當的外文能力，而且對國外發展有相當的掌握，才可能知道什麼是國外的新判決。

但國內的新判決，有些時候，某些高度爭議的判決，也會經由新聞報導，而引起大家關注。類似這樣的問題，也可以作為論文題目，嘗試去分析這個判決所涉及的相關法律問題、研究過去這類議題的實務見解，以及蒐集學者對這個議題的各方見解等，最後再深入分析這個判決的論理與影響。

例 1

舉例來說，2013 年國民黨因為王金平涉嫌關說司法案件而被國民黨開除黨籍，王金平對於自己的黨籍提出「定暫時狀態假處分」後，以國民黨為被告，提出黨籍確認之訴。這個案件涉及了民法、人民團體法中，對於社員身分的開除問題。過去可能從來沒有人質疑過國民黨開除黨籍的程序。這就是一個非常好的新議題與新判決，而且過去從來沒人注意過。

例 2

另舉一例，近年來臺灣不動產交易熱絡。屋主委託仲介賣屋時，會設定一個「底價」以及「開價」。仲介在委託買賣契約書，會加一條，如果仲介找到買方出價高於賣方的底價，這時候賣方不可以拒絕這筆交易。就算賣方拒絕這筆交易，契約中明定，賣方還是要支付仲介相關的委託服務費（可能為房價的 4%）。這樣的規定，在房仲實務界非常普遍，但也常常引起糾紛。2014 年時，臺灣高等法院民事判決 103 年度上易字第 96 號，認為此種房仲服務費條款，屬於消費者保護法中違反平等互惠的定型化契約條款，而認為此條款無效。此案例一出，媒體馬上報導，因為此一判決改變了過去房仲實務界的運作，影響重大。這也是一個非常好的新議題，可以作為同學論文的

研究主題。

例 3

　　再舉第三例，近年來，臺灣的黑心食品、黑心油事件層出不窮。對於黑心油的問題，本身算是一個時事問題，在前述「1. 社會時事」方面，本身也足以作為一種讓大家追蹤關心的議題。包括各國對食品安全管理制度的比較研究、我國現況的問題、查廠的問題、GMP 標章的問題等等。不過，這個時事問題，最終也落實到判決上。對於塑化劑事件，後來消費者保護團體召集許多受害消費者提起集體訴訟，求償巨額賠償，但是臺灣新北地方法院 101 年度重消字第 1 號判決，賠償金額卻非常少。為何判決金額這麼少，到底在求償上有何困難？對於這個判決以及其後面代表的食品受害者訴訟這種類型，也是非常值得深入研究的新判決與新議題。

（二）新研究取向（新方法）

　　要寫出新東西，不一定要針對新議題。也可以針對一個新議題，但採取過去沒有人採取的研究取向。

1. 沒人做過的比較法

　　例如，過去這個議題，大家都是參考德國學者的論述，但沒有人參考過美國法的論述。倘若你勇於挑戰這個舊議題，卻採取新的研究取向，例如做一個沒人做過的比較美國法的研究，那麼一樣可以寫出新東西。

　　關於什麼樣的新方法，更深入的說明，請見本書第三章之後對於研究方法的介紹。

2. 沒人做過的判決實證研究

　　上述說的新的研究取向，乃是找過去沒人比較過的外國法，進行比較研究。又或者，過去如果對於一個舊議題，沒有人做過判決整理的實證研究，我們也可以針對某一個主題，蒐集國內的相關判決，並進行有系統的研究。

因為一個「醫療過失損害賠償」可能已經被大家寫爛了，但是，每天仍然持續有新的醫療過失民事判決，而對於損害賠償的討論，每份判決還是會有一些新東西。

如果同學只能閱讀中文資料，建議可以鎖定臺灣的判決，進行有系統的研究。例如鎖定醫療過失損害賠償這個主題，廣泛搜尋近五年內的判決，從判決中的各種討論，去歸納、整理出一些有趣的甲說、乙說，或觀察出一些發展的方向。若在職生可以透過這種判決研究法，研究出一些學者未注意的實務發展，該論文仍有貢獻。

舉例來說，「肩難產」的問題，尤其「是否適用無過失責任」，這個問題引起學者的高度關注，所以當年發表的相關論文很多。如果一個在職生還要再寫肩難產的法律議題，卻只是把既有的所有期刊論文拿來彙整，只會又寫出一本歸納性研究或專書，但沒有任何貢獻。

此時，或許你可以採用「判決搜尋研究」的方式，以「肩難產」為關鍵字搜尋臺灣各法院判決，把所有臺灣各法院處理過肩難產的判決都蒐集下來，一一閱讀，並嘗試分類、歸納整理裡面的各種議題類型，並嘗試自己討論。如此，這樣的論文，就會比單純地去抄襲整理過去的討論，來得有具體貢獻。

（三）舊議題、新素材

跟上述新方法很類似的，可稱為新素材。對於一個大家已經很熟悉的傳統議題，可能最近出現了一個新的實務判決，或者國外出現了一個新的實務判決。這時，新判決算是一種新素材。雖然這個議題很舊了，但我們仍可嘗試加入新判決的討論。

新素材也可能是學者提出的新理論。假設，對於一個大家熟知的理論或原則，我們看到國外有學者提出的新論文或專書，對這個理論或原則提出批評。此時，這個學者的論文或專書，也算是一個新素材，也可以針對這個新素材進行研究。

　　甚至，某一個既有制度，最近出現了新的修法，包括國內的修法，或者國外的修法。這些最新法案的討論，其實針對的是一個既有的重要制度，但因爲有修法而產生了許多新素材。那麼，這也是一個適合的論文題目。

（四）新見解

　　有時，想寫出新東西，不一定要用新議題，也不一定要用新研究取向或新素材。可能是對這個議題，你覺得過去學者的分析都有一些盲點，而你想要提出一個新制度或新的解決方案，來解決這個舊議題。那麼，這個新的解決方案，就是你提出的新東西。

　　不過，要提出新的見解、新的解決方案，可能要援用各種研究方法，或分析了過去各種傳統論述，才可以發現其盲點。因此，對於一個舊議題，要想提出新見解或新的解決方案，這絕對是一個「新東西」或「新的創見」，但要如何提出，則又要綜合各種研究方法，再配合研究者個人的巧思了。

四、盡早確定論文方向

（一）提早確認大方向

　　碩士班學生應儘早找到論文的大方向，最好是剛唸碩一沒多久就要找好。不要進去唸了兩年修完所有課之後，要寫碩士論文才開始找方向。提早找方向的用意在於，若能先找好大概的方向，之後修課都盡量修相關的課，而寫報告時，也盡量想辦法跟那個論文大方向沾上邊。如此一來，每一個課堂的期末報告，就不會白寫，將來真正確定了論文題目之後，這些跟論文大方向相關的小報告，至少都可以成為論文中的旁論或附論或鋪陳。

　　而且，一開始定的是一個大方向，最後確定的論文題目，也會在這樣寫學期報告的過程中，慢慢浮現出來。等到確定了題目，要開始著手時，對這個議題你一定已經很熟悉了，相關的文獻、專有名詞等，你一定都比較了解，而可以直接來深論。

　　盡早確定論文方向，有一個好處。因為法研所各種課堂上，都會要求寫期末報告。若是早點確定論文方向，也許在不同課堂上的期末報告，都可以盡量做跟自己論文有關的題目。

（二）論文組合屋

　　在此，要提一個「論文組合屋」的概念。我第一次聽到這個用語，是臺灣大學國家發展所邱榮舉教授所創。

　　所謂的論文組合屋的概念，是理想中的最高境界。其大致是說，希望你每一個課堂報告，就是你碩士論文的一章，一魚兩吃。例如修了六門相關的課，寫了六個相關的報告，再組織修改一下，論文的六章大概就出來了，最後加一個緒論和結論，論文就大致完成。

　　當然，這個理想中的最高境界是很難達到的，只能努力去接近。要讓每一門課的報告都可以直接放到碩士論文中，還是會有難度，頂多只能接近論

文大方向，而作爲一些附論或旁論等。

但若你儘早確定論文題目，就算修的課跟論文題目有點差距，還是可以跟授課老師商量，希望期末報告就寫你論文方向的東西，而跟課程主題稍微脫鉤，我想部分老師也會通融。

以上大概就是論文組合屋的概念，是不是非常棒呢？

如果我們再加入一個因素，就是你希望在碩士論文中使用較多的外文資料，那麼更該提早開始確定論文大方向。因爲確定了大方向之後，就可以開始逼自己找相關的外文資料，而在每一堂課的小報告中，就儘量參考一兩篇外文資料。假如寫了六個課的相關報告，每一個報告都參考了一兩篇的相關外文資料，等到你要開始寫碩士論文時，好處就來了。一、你這個大方向的專有名詞等外文都看得很熟了；二、你的論文已經有現成的十幾篇的外文參考資料了。

當然，要達到這個境界，也必須提早要求自己開始閱讀外文文獻。從碩一入學開始就提早下苦工磨練，兩三年後碩士論文寫出來時，自然就可以歡喜收割。

以我自己爲例，我的碩士論文，雖然沒辦法達到理想中的最高境界，也就是說，論文中的各章，並不是什麼課堂的報告，但我是走一個類似的模式。我在寫碩士論文時，將論文的部分內容，投稿到一本期刊，也拿部分內容，投稿了一個研討會。由於這個投稿的壓力，使得我比較快將那兩部分都寫出來，後來再慢慢補上其他部分，論文就比較順利完成。雖然我的論文部分內容不是課堂的期末報告，但卻是兩篇發表的論文，也算是一魚兩吃。

而我的博士論文，在慢慢形成的過程中，在三個課堂上都報告過其中的一些思考片段（只能說是片段，因爲後來又大幅修改才放到博士論文中）。但就是因爲我提早確定了大方向，這三門課堂期末報告的片段，才能夠拿來做後續加值利用，也算是一魚兩吃。

此外，我在寫博士論文過程中，也陸續投稿了三個研討會，經由研討會

截稿的期限，也讓我先努力地趕出部分的章節，之後研討會結束後又慢慢修正放入博士論文中。還有，我博士論文也把之前曾經發表過的兩篇期刊論文的片段，拿到博士論文中修改補寫。因而，我會這麼快把博士論文寫完，某程度也是運用了類似的論文組合屋概念。

（三）指導教授是否要盡早選擇？

選指導教授的複雜問題，每個人的情況不同，沒辦法深入說明，留待同學自己明智的選擇。

通常會選這個指導教授，一定是上過這個老師的課，看過這個老師的文章，才會想選這個老師當指導教授。不過，要請同學留意的是，老師上課要求同學寫報告，也許要求不會太嚴格，但是指導論文的要求，可能就完全不同。通常在選老師時，也會打聽一下學長姐的風評、看一下過去這名老師指導過的論文（從中看出老師對學生的要求）等。

在此要提醒一個重點，若還沒有確定真的很想跟這個老師，儘量不要跟老師提及可能找他當指導教授。如果初步提及要找此老師，之後卻因為溝通不良或彼此對論文要求的認知有落差而要換老師，則會出現非常尷尬的情況，甚至演變成整個研究所的風暴。

所以我的建議是，你個人對於研究方向與具體議題的選擇，可以自己在心中提早確定，並在不同課堂上，多多詢問相關問題，或撰寫相關報告。但是指導教授倒不一定要太早跟老師講好，以避免麻煩。但是，若你是一個沒有太多想法的人，對題目完全沒有想法，那就只好趕快確認指導教授，透過指導教授的協助，幫助你盡早確認題目方向。

第三章　各種法律研究取向

一、法學的各種研究取向

到底法學的研究方法是什麼？一般市面上的「法學方法論」的書[1]，並非講法學的研究方法，而是講法律解釋、推理、適用的方法，但那並非研究的方法。

一般皆同意，法學研究並沒有嚴謹的研究方法。但我們可以說，法學的研究，就是對法律議題進行探討，而不同的學者，對該議題的探討方式，可以提供不同的論述。而論述的取向（approach），則可以有不同的取向。

美國學者 Richard Delgado 曾經提出，美國法學論述大概約可整理為下述十種不同取向的研究[2]。

（一）某爭議判決的研究

針對一個爭議判決進行研究，這種研究取向在美國判例法國家下，是非常主流的研究。其會分析某一個議題的相關判決，尤其去探討不同判決中的混淆、矛盾和演變。從分析這些判決，作者會找出某一個標準或原則（Doctrine）。作者最後會在這個研究中，提出自己的建議，認為過去的 Doctrine 應做如何的修正[3]。

---

[1] 例如，Karl Larenz 著，陳愛娥翻譯，法學方法論，五南，2013 年 8 月一版九刷；楊仁壽，法學方法論，作者自刊，2010 年二版；李惠宗，案例式法學方法論，新學林，2014 年 9 月二版。

[2] Richard Delgado, How to Write a Law Review Article, 20 U.S.F. L. REV. 445 (1986).

[3] Elizabeth Fajans & Mary R. Falk, SCHOLARLY WRITING FOR LAW STUDENT 6 (4th. 2011).

（二）法律改革的研究

　　法律改革的研究取向，是想針對目前既有的某個法律規定或制度，認為其運作的結果不好，產生不公平、不平等的效果。因此，作者想要提出建議，認為該如何修改這個法律規定或制度[4]。

（三）法案的研究評析

　　法案研究評析這種研究取向，想要針對最近被提出的某個立法草案，或是剛通過的法案，進行介紹、評析，尤其針對重要條文做討論，提出一些適用上的分析與質疑。作者也可能對某些條文提出批評或修改建議[5]。

（四）借用其他學科的理論

　　在美國法學研究中，很興盛的一種研究取向乃跨領域或跨學門（interdisciplinary）的研究。亦即，其會借用經濟學、社會學、心理學、哲學等領域的知識或理論，運用到法律議題的研究[6]。

　　另一種法律的論證，則是屬於政策式論證，其通常會主張，該法律解釋的結果，是否符合某一種政策目的。這種政策式論證，通常會援引其他社會科學的研究成果，作為自己主張的佐證或理由。這種論證，某程度上，就是採取比較科際整合的研究取向，例如借用了政治哲學、倫理學、社會學、經濟學等理論，而來支持自己的論證。

　　對於一個議題，或可以援引道德（morality）論證作為支持理由，例如可以說：「道德（morality）支持這一法律主張（例如，無辜的受害者應得到賠償）。」也可以援引倫理學作為反對理由，例如可能會說：「這樣的結果是

---

[4]　Id. at 6.
[5]　Id. at 6.
[6]　Id. at 6.

不道德的（例如，沒有過失卻課予責任是不對的）。」

可以援引社會政策（social policy）作為支持理由：「好的社會政策要求採取此一主張（例如，其將可以嚇阻反社會行為）」。但同樣也可援引社會政策作為反對理由：「社會不能因採取該主張而得到好處（例如，這種行為無法被嚇阻）。」或說「也許有一些好處，但傷害卻更大。」

可以援引經濟學（economics）術語作為支持理由，說：「採取此制度後，被害人的損失，可以移轉到由有過失的屋主承擔。」但亦可援引經濟學術語作為反對理由：「這樣屋主的配偶沒有過失，卻可能因而窮困。」

可以援引正義（justice）作為支持理由：「此案中被告的行為太惡劣，故應該延長消滅時效。」亦可以援引正義作為反對理由：「法律不保護讓權利睡著的人，被告不應求償。」

政策論證

	援引作為支持理由	援引作為反對理由
道德	道德（morality）支持這一法律主張（例如，無辜的受害者應得到賠償）。	這樣的結果是不道德的（例如，沒有過失卻課予責任是不對的）。
社會政策	好的社會政策要求採取此一主張（例如，其將可以嚇阻反社會行為）。	社會不能因採取該主張而得到好處（例如，這種行為無法被嚇阻）。
經濟	採取此制度後，被害人的損失，可以移轉到由有過失的屋主承擔。	這樣屋主的配偶沒有過失，卻可能因而窮困。
正義	此案中被告的行為太惡劣，故應該延長消滅時效。	法律不保護讓權利睡著的人，被告不應求償。

資料來源：Elizabeth Fajans & Mary R. Falk, SCHOLARLY WRITING FOR LAW STUDENT 32-33 (4th, 2011).

　　在英美，跨學門的法律研究是非常熱門的一種研究取向。但是要做好跨學門的法律研究，非常困難。美國學者之所以可以進行跨學門研究，很重要的一點是，他們在大學階段都不是念法律，而念其他科系，等到大學畢業後才念「學士後法律」，因而他們具備了其他專業的背景再來念法律，將來當學者再結合各自專業的學門背景，就可以做跨學門的法律研究。

　　因此，在美國，法律經濟學、政治哲學、倫理學、法律實證研究、法律社會學、女性主義法學等研究，非常蓬勃發展。但是在臺灣，主流的法學研究方法，仍然是比較法的研究。這種跨學門的法律研究，由於學術的培養背景不同，實際上非常困難。

經驗分享

　　我本身在碩士班念產業經濟所，上了經濟學的課，讀了不少經濟學的書。但我坦承，我可以閱讀法律經濟學的文獻，但我沒辦法獨立做一個法律經濟學的研究。畢竟我經濟學的背景底子不夠深厚，只有經濟系大學生的程度，而沒有經濟系研究生寫經濟學論文的程度。

　　但是，由於我具備這種跨領域的背景，所以在閱讀外文法學文獻時，我常常搜尋並閱讀美國法律經濟學的文獻，並借用他們的文獻論證結果，以支持我的主張。或者，在閱讀一般的美國法律文獻中，也可發現，一般的法學文獻中，已經大量使用經濟學術語或觀念，而由於我具備這種背景，在閱讀理解上均無困難。

（五）法律理論的提出

　　某一種研究，則是想要特別討論一種新的法律理論，並且在既有的法院判決、法律文獻中，尋找跟這種新理論有關的一些片段，並主張這種新理論

已經存在於既有的法律論述或判決中 [7]。

　　研究所的同學，有些也想在自己的論文中，援引更具有深度的理論，以支撐自己的論證深度。此時，他們可能想借用一些法理學（jurisprudence）的法律理論，或者想借用一些跨學門（interdisciplinary）的知識領域、其他社會科學的知識，補充自己的論證。或者，有的時候，也不是學生自己主動想要使用這些論證，而是所接觸的外文文獻中，不時的就會加入一些理論的探討，或者跨領域學門的知識。此時，縱使自己不想借用這些理論或其他學門知識，但卻不得不接觸，不然無法看懂這篇文獻。

　　因此，在寫作論文上，雖然不一定要接觸什麼法學理論或跨學門知識，但還是有不少人的論文，在論文中多多少少都使用到了某種法理學的理論，或者跨學門的知識。但是，這種法理學各學者的抽象理論，或者跨學門的知識，要如何建立起呢？以下先介紹法理學知識的吸收與應用。

　　一般大學法律系，大四的時候會開設一門法理學課程。但若這門科目不是必修，國考又不考，很多同學根本不會想修這門課。就算修了這門課，也是鴨子聽雷，根本沒聽懂老師的上課內容。甚至質疑，學校根本不需要開這門課。

　　大學時上法理學的課，也覺得浪費時間或不知道在學什麼，但在多年以後，念研究所的同學，哪天在思索一個議題或讀到某篇文獻時，可能就會發現，好像某個法理學理論可以用來探討這個爭議問題。或者，在閱讀一些文獻後，會突然想起大學時代老師講的那些無聊的理論，突然能印證一些東西，有一些 feel；甚至，有可能他們會心血來潮，翻開大學時代的法理學課本，拿出來咀嚼一番，也說不定。

---

[7]　Id. at 6.

經驗分享

　　我的碩士論文是寫關於違憲審查的問題，參考的是美國的文獻。其實美國許多憲法學者的文章都會用比較理論的論述，多多少少也跟法理學有關。尤其我主要參考的憲法學者 Mark Tushnet，本身就是批判法學（critical legal study）的代表人物，因而我對批判法學也更加了解。另一方面，我所念的產業經濟所就是要培養法律經濟學（law and economics）的人才，在法律經濟學方面，我也小有研究，所以除了前面講的基本的法理學功夫之外，批派法學和法律經濟學則是我比較專長的法理學支派。

　　我的碩士論文想要批判違憲審查，至於如何批判，當然從美國法律文獻中，看到不少批判的理由。因此，我在自己的論文中，借用了上述批判法學與法律經濟學的論述，引用美國學者的研究成果，作為支撐我論述的依據與理由。

　　我的博士論文，撰寫網路著作權的問題，在理論方面，就採用比較批判的理論，深入研究財產權和智財權的本質。所以，在這方面又再次讀了美國霍菲爾德（Wesley Newcomb Hohfeld，1879 年 8 月 8 日－ 1918 年）的法律概念論，以及古典自然法學派的洛克（John Locke，1632 ～ 1704 年）所提出的財產權理論。當然最主要的，仍然閱讀了大量偏向法律經濟學的文獻與論述，借用了他們的理論與分析成果，以支撐我論文的主張。

（六）對法律圈自我的探討

　　某一種研究，乃對法律職業、法律教育、法律語言、法律論證本身的反省與研究[8]。例如我曾經做過一些對法學教育的研究，包括我的成名作《千

---

[8] Id. at 6.

萬別來念法律》，就是屬於一種對法律圈自我檢討反省的研究[9]。

（七）研究某學者的理論

某一種研究，則是比較針對特定學者的理論進行研究。例如，過去曾有學者 A 提出甲理論。在 A 學者的甲理論後，許多學者對甲理論提出很多批評。而該研究可能想針對甲理論與這些批評點，再進行分析檢討。最後，作者可能試圖幫 A 學者辯護其所提出的甲理論，但由於其他學者的批評可能也有些道理，而可能會修正 A 學者的甲理論[10]。

（八）法律發展史的研究

某一種研究，可能關注的是某一法律議題或法律領域的發展歷史。例如關心某一規則、制度的起源與發展，並探討現在運作的現狀與問題[11]。

（九）比較法研究

在美國，比較各國法制的研究並非主流。但是在臺灣，這是最主流的研究方法。比較法的研究，就是參考其他國家，例如美國、德國、歐盟、日本對同一的法律議題或制度，各採取怎樣的制度，或各有怎樣的特殊判決。然後對本國的現況提出比較與建議[12]。

---

[9] 楊智傑，美國法學院評鑑認可制及其影響，法學新論，第 9 期，頁 31-65，2009 年 4 月；楊智傑，法律服務管制之經濟分析與實證研究－－概述美國法律倫理學的論辯，律師雜誌 274 期，2002 年 7 月；楊智傑，千萬別來念法律，五南，2013 年 8 月（中國政法大學出版社，2010 年出版簡體版）。

[10] Elizabeth Fajans & Mary R. Falk, *supra* note 3, at 6.

[11] Id. at 7.

[12] Id. at 7.

（十）經驗性研究

　　最後一種研究取向，乃是經驗性的研究，亦即對於某一個法律議題的實際運作結果，進行比較大量的判決統計、實證分析等等。某程度而言，這需要具備統計學的知識。這種研究對於我們在探討法律議題時，可以不會憑空而論，而可以拿出真實的數據[13]。

---

[13] Id. at 7.

二、比較法研究

　　臺灣的法學研究，非常重視「比較法的研究」，這應該是在法學研究方法中，最主流的一個方法。由於比較法研究，是各校教授自己喜歡的研究取向，因此，採取比較法研究，是一種最常見的研究取向。

　　而且，比較法的研究取向，也屬於「安全的題目」，亦即，就是一定有「資料可以看」、「有新東西可以寫」，可以寫出八萬字的題目。那麼，搭配比較法的主流方法，下面是比較法的研究取向中，最主要的幾種方向：

1. 研究國外判決。
2. 研究國外法案。
3. 研究國外學者理論。

　　但是我必須先澄清，所謂的「安全的題目」，有時候，不一定有實務上的貢獻。例如，上述這三類型安全題目，一定有國外文獻可以參考、有資料可以寫，但是看了這麼多外國法資料，寫了許多「介紹」」「整理」外國法的東西，對臺灣到底有何貢獻？自己會不會只像是在「做翻譯」，但又不是真的在「翻譯」？

　　或許我們會有這樣的質疑。但是，由於國內各法學教授們，自己就很喜愛這種比較法研究，因而，你會懷疑：這樣的研究對臺灣到底有無價值？這樣我只是在做翻譯嗎？但若先不要懷疑比較法的價值或貢獻到底在哪裡，至少，我可以說，這種作法絕對是一個安全的題目，絕對有東西可以寫。

　　以下，我就逐一介紹這些安全的題目的幾種選題法。

（一）研究國外判決

　　美國是英美法系，喜歡談重要的法院判決，所以每當聯邦最高法院或聯邦上訴巡迴法院，對某一重要問題做出一判決，往往就會有人對該判決進行研究並發表相關的論文。其實不只是英美法系，我相信在任何國家，對於具要重要價值的判決，都會有這種「針對判決」而寫的論文。

　　因此，學生在尋找論文題目時，有一種很簡單的作法，就是問問指導教授，國外有沒有比較新的爭議判決，可以作為研究主題。或者自己搜尋國外文獻，看看近二年來，有沒有國外文獻，都集中討論某一個判決。

　　進行這種判決研究時，他們往往會先對這類問題，整理過去的重要判決，看看過去的判決中發展出什麼原則（doctrine）或操作的標準（standard）或判準（criteria）。然後，再來看這個最新的判決，是否符合過去的原則、標準、判準，還是做出了什麼改變。

　　除了純粹法律概念的討論外，當然，他們也可能就這個判決所造成的「社會現象」或「法律運作」的影響，提出一些分析，甚至批評。最後，作者也可能提出自己個人的建議。

　　因此，我國碩士生的碩士論文題目，也可以選擇研究一個重要的國外判決。但是，到底有什麼重要的判決可以研究呢？其實，這還是需要透過學術文獻的輔助。我們可以先搜尋國外的期刊論文，看看最近國外論文中，有無探討什麼重要的判決。若發現該論文所探討的判決頗為有趣，且已經有期刊論文在討論這個判決，那麼就不怕沒有東西寫。

　　選定研究這則判決後，記住，一定要把該判決原文抓出來讀，千萬不可只仰賴學術文獻的介紹，再「轉介紹」、「轉引用」，而沒自己看過判決原文。既然論文主軸就是要研究這個判決，那麼最起碼，這個判決的外文原文一定要自己讀過。

　　讀完判決後，想知道這個判決可以往哪些方向討論，再用資料庫蒐集所有曾經討論這個判決的期刊論文，參考這些期刊論文的討論方向，而擬定自己的論文架構。

　　典型的國外判決研究型的論文架構，可能是下面這種架構：

美國判決研究型論文架構

第一章　緒論

> 一般誤以為英美法的研究只管一個個案，事實上，在研究這則重要判決前，仍須分析過去這個議題或這個原則的討論

例如 2013 年時，美國聯邦最高法院對於人體基因序列是否可以申請專利，做出了一個重要判決 AMP v. USPTO & Myriad Genetics 案（2013）。其實在 2013 年之前，這個判決就引起高度關注。2010 年 3 月 29 日，紐約南區聯邦地區法院，判決與乳癌基因有關的三項專利都不具有專利適格性，就一直在美國各法院間纏訟、上訴、發回重審等。直到 2013 年 6 月 13 日，美國聯邦最高法院做出最終判決 Myriad 案。該判決認定自人體單離出的 DNA（isolated DNA）並不符合美國專利法第 101 條所規範之專利適格性，但互補 DNA（Complementary DNA）則屬之。

這個重要判決，在 2011 年至 2013 年間，就已經至少有超過 20 篇期刊論文討論這個判決，以及其對 DNA 專利的影響。因此，我們就可以選擇這個非常重要的判決，作為論文題目。

這篇論文中，除了將判決內容完整介紹之外，到底還要討論什麼事情？其實一點也不需要擔心。只要我們多找一些國外的學術文獻來看，看看他們對這個判決又做了哪些討論，或提出哪些批判或建議。每一篇論文，都會提出不同的分析點，或者不同的討論架構。只要多看幾篇論文，就可以參考他們的討論架構或分析點，模仿他們的討論，而寫入自己的碩士論文中。

例如，我就以此為題，和學生共同寫了一篇期刊論文 **[14]**。

例．

人體基因序列與診斷方法之專利適格性——以美國 AMP v. USPTO & Myriad Genetics 案為中心

壹、前言

貳、DNA 與 cDNA

    一、DNA 轉錄

    二、單離 DNA 分子與 cDNA

        （一）單離 DNA

        （二）cDNA

        （三）過去在法律上不區分二者

參、人體基因專利與 Myriad 案

    一、美國專利法之專利適格性

        （一）組合物專利判准

        （二）方法專利的判准

        （三）人體基因之專利適格性

    二、BRCA1/2 乳癌基因與 Myriad 案事實

    三、單離 DNA 之組合物專利

        （一）各方立場

---

[14] 楊智傑、王齊庭，人體基因序列與診斷方法之專利適格性：以美國 AMP v. USPTO & Myriad Genetics 案為中心，生物產業科技管理叢刊，第 4 卷第 2 期，頁 16-49，2013 年 7 月。

　　（二）上訴法院第一次判決

　　（三）上訴法院第二次判決

　　（四）最高法院判決

四、基因比對診斷方法專利

五、比對潛在癌症細胞的診斷方法專利

肆、分析討論

一、自然產物例外之釐清

二、對醫學研究與應用的影響

三、避免拒絕授權

　　（一）強制授權

　　（二）新增醫療豁免

四、比較臺灣與美國專利法

　　（一）基因專利與發明

　　（二）診斷方法專利

　　（三）專利效力所不及之規定

伍、結論

　　期刊論文最多只有三萬字，那要如何寫成至少五萬字的碩士論文呢？若要將此主題再擴展成為碩士論文，只要多看幾篇外文學術論文對此判決的討論，絕對不怕沒東西寫。

　　但通常，這種國外判決研究式的論文，千萬別忘了，其研究的畢竟是國外的判決，而非我國的情況。因此，在論文的倒數第二章，一定要記得回過頭來，「比較」我國的法條、判決、學說，比較臺灣類似的問題會如何處理，並提出比較、檢討、建議。因此，要注意的是，比較國外判決，最後一定要回頭反思臺灣，思考國外判決對於國內類似問題，有沒有一些可以借鏡參考

的地方。

（二）研究國外法案

　　另一種研究主題的選擇，也許可以挑選國外的法案，進行研究。因為在比較新的法律領域上，國外也常常有修法或制定新法案。有的時候，一些新聞媒體會報導一些國外的修法，或者教授的文章中，會提到國外有一些修法的動向，但對於修法的內容，也許沒有深入介紹。倘若國內還沒有人深入研究過，這也是一個可以發揮的題材。

　　例如，以隱私權與個人資料保護的發展來說，我們大約知道，我國的個人資料保護法，是學習歐盟 1995 年個人資料保護指令。另外，我們在許多文獻上也都看過，美國並沒有一般性的個人資料保護法，但有一個針對醫療環境的一個健康資訊保護的法令。經查詢許多文獻發現，似乎每個文獻都只簡單提到美國有這個法案，卻沒有人深入研究過。若可以深入研究，也許就可以拿來與歐盟 1995 年個資指令的架構做一比較，或可以提供我國個人資料保護法執法與修法上的參考借鏡。

　　我個人在 2013 年間，承接了中央健保署的計畫，就決定對美國這個健康資訊隱私的專法，進行深入研究。

　　美國國會，在 1996 年通過「1996 年健康保險可攜性和責任法」（Health Insurance Portability and Accountability Act of 1996），簡稱 HIPAA，後來美國的健康人類服務部，草擬了相關的隱私規則（Privacy Rule）和資安規則（Security Rule），在 2001 年 4 月 14 日由布希總統簽署公布。我發現國內文獻，雖然多多少少都有提及美國有這個 HIPAA 之隱私規則，但對這個隱私規則的具體內容的介紹與討論，幾乎找不到。

　　後來在 2009 年，美國國會又通過「美國恢復與再投資法」（American Recovery and Reinvestment Act of 2009），其中包含了一部分，稱為「經濟和臨床健康之健康資訊科技法」（Health Information Technology for Economic and Clinical Health Act），簡稱為 HITECH 法。HITECH 部分修改了 1996 年的 HIPAA 法，尤其是加重違法的處罰，並新增了出現違反行為的通知程序 **15** 。

若是換個角度到歐洲，我國的個人資料保護法最早就是參考歐盟 1995 年個資指令的架構。但歐洲議會在 2012 年起，提出了一個全新的個人資料保護規章草案，目前尚未通過，但這也是歐盟的一項最新發展與動態。

我的研究，只是對於美國和歐盟的隱私保護法令的新發展，做一個簡單的介紹。實際上，若想要進行深入研究，可能要把法案全文都拿出來，條文稍微讀一下。不過，實際上我們對一個國外法案的了解，還是需要透過學術文獻的輔助。因為光看法案中的抽象條文，會看得非常無聊、枯燥，不知道這些抽象的法條到底在講什麼事情。而透過學術文獻的輔助，看國外學者如何介紹這個法案，介紹這個法案有什麼爭議，這樣我們才能更快掌握這個法案的重點。

當然，一個法律的施行，不是只有條文，若能更進一步的，搭配該法案實施後的一些具體案例或引發的爭議，可以讓我們更深入的了解該法案。

別忘了，再次提醒，這種對國外法案的研究，最終的目的，是要回來借鏡比較臺灣的制度。我們在論文的倒數第二章，要回頭反省臺灣相對照的法律又在哪裡？而國外法案的一些修法，所想解決的爭議，是否也可供我國參照？

（三）研究國外學者理論

在研究的主題上，如果你是比較熱愛理論的學生，也許你對某個法領域有興趣，而在某些教授的文章中，看過他介紹國外的學者、大師的理論。那

---

15 該具體研究成果，發表於楊智傑，美國醫療資訊保護法規之初探：以 HIPAA/HITECH 之隱私規則與資安規則為中心，軍法專刊，第 60 卷第 5 期，頁 79-116，2014 年 10 月。

你也可以選擇研究一個「法學理論」或「法學大師」，對該理論或對該學者，進行更深入的研究、探索，並以該理論為碩士論文題目，整本論文就來討論這個學者的理論，以及這個學者所提出的理論可以應用在何處。

這是一種很單純的寫法。例如我個人的碩士論文，其實就是研究哈佛大學教授 Mark Tushnet 的批判憲法理論及其應用；而我的博士論文，則研究另一位哈佛大學教授 William Fisher 的智財權理論。美國學者的法學理論取向，其每一個理論，都可以成為一個獨立的題目。由於我熟悉的是憲法和智財權領域，以下我就順便介紹，美國對智慧財產權採取「批判、反思」觀點的幾位代表性學者。

1. 智慧財產權的理論型學者

美國批判智財權的學者，看起來好像不太是主流，但都很有名。最有名的有下述四位學者，也最有代表性。

一是哈佛大學的 William Fisher，網站是 http://www.tfisher.org/，代表性著作就是《Promiss to Keep》（2004），其主張應該廢除音樂、電影著作權，改採全面國家補償金制度的學者。

二是杜克大學的 James Boyle，網站是 http://james-boyle.com/。各位或許對這位不太熟，但他其實是最早開始提倡要限縮智慧財產權的學者，代表性著作是一本《Shamans, Software and Spleens: Law and the Construction of the Information Society》，現在是提倡 Public Domain 的領航者，後來也出了一本專書，書名就是《Public Domain》。

三是耶魯大學的 Yochai Benkler，網站是 http://www.benkler.org/，代表性著作是《The Wealth of Networks》，他的文章常常會帶入一些經濟學的觀點。

四是有名的史丹佛大學的 Lawrence Lessig，網站是 http://www.lessig.org/，代表性著作有三本，一是《Code and other laws of CyperSpace》、《the Future of Ideas》、《Free Culture》，現在提倡 Created Commons（創作共享）的就是他。

他們的代表作，大部分都可以從網路下載全文，而網路上也會有許多他們過去的期刊論文，以及最新的研究動向。所以，若想要針對國外大師級的學者及其理論進行研究，這也是一種選題的方法。至於研究所需要蒐集的文獻，除了這位大師本身的專書著作及期刊論文之外，也可以找一些其他學者對這些大師理論所提出的質疑與批評。

2. 憲法理論的理論型學者

在憲法理論，當然也有非常多重量級的學者。例如，在美國憲法理論，在臺灣非常有名的，有一位 Bruce Ackerman 教授，他所提出的憲法轉型理論（constitutional transformation），在國內也不少教授介紹過並加以應用。如果要對這位學者進行深入的研究，可以詳細閱讀他的幾本專書[16]，在深入的理解後，做一介紹。但是，他的理論是否正確，則可再進一步參考其他期刊論文中，對這位大師所提出理論及其應用的一些批評。

另外，我自己也翻譯過二位批判法學的憲法學者的專書理論，包括哈佛大學教授 Mark Tushnet 的《Taking the Contitution Away from the Courts》、（將憲法踹出法院）[17]，以及喬治城大學教授 Louis Michael Seidman 的《Our Unsettled Constitution》（未定案憲法）[18]。

當然，不要忘了，這些憲法理論是來自國外，而非來自臺灣。我們在論文的最後面，可以反思，這個發源於國外法制環境的理論，是否可以引入臺灣，並應用在臺灣的哪些問題上。

---

[16] Bruce Ackerman, WE THE PEOPLE：FOUNDATIONS (Cambridge: Harvard University Press, 1991); Bruce Ackerman, THE FUTURE OF LIBERAL REVOLUTION (New Haven: Yale University Press, 1992); Bruce Ackerman, WE THE PEOPLE：TRANSFORMATIONS (Cambridge: Harvard University Press, 1998).

[17] Mark Tushnet 著，楊智傑譯，《把憲法踹出法院》，正典出版社，2005 年 10 月。

[18] Louis Michael Seidman，楊智傑譯，《未定案的憲法》，中國政法大學出版社，2013 年 3 月。

3. 從學者的專書找理論

　　其實，美國學者很喜歡出版「學術專書」，這跟臺灣學者所出版的「論文集」是不一樣的。所謂的學術專書，就是該學者對某一領域，想提出比較理論性、根本性的主張，而撰寫的一本專書。這種專書，通常會提出比較上位的、理論性的內容。若想要研究某種理論，但不知道哪裡有理論可以研究，也許也可以上 Amazon 網站，看看美國最近又有哪個學者，出版了某一法律領域的專書，看看該專書的基本介紹，是否有興趣。若有興趣，不妨投下重本，購買該專書，買回來就深入研究該書主張，以該書的架構，作為自己碩士論文的基本參考架構。

三、本土判決研究法

上述提到，臺灣主流的研究方法，乃是比較法，比較國外的法案、判決與理論。但是，觀察許多檯面上的資深老師與學者，會發現，他們並非所有的文章都是在做比較法。社會科學本身，最後還是要回來關懷我們這片土地。所以，對於本土法律實務發展與判決見解的探討研究，仍然非常重要。因此，許多資深教授，仍然常會追蹤研究臺灣具有重要性的判決。

因而，判決研究法，或稱為本土判決研究法，我認為也是非常主流的一個研究方法。但如同第二章所說的，研究主題與研究方法，往往二者緊密結合。你可以說臺灣新判決研究是一個題目的選擇，也可以是一種研究方法。

對臺灣判決進行研究，可以有二種方式：

1. 對某一個重要的判決（包括大法官解釋），進行深入的討論。
2. 對某一類的法律原則或議題，蒐集所有臺灣相關判決，進行系統性的分析整理。

（一）單一重要判決研究

針對臺灣某一重要判決（大法官解釋）之研究，可以大致設定下述的架構：

單一重要判決型的研究架構

第一章 緒論

第二章 國會自主原則之概說（包括過去判決之回顧）

第三章 國會自主原則的最新判決或最新大法官解釋

> 只挑選一則重要的代表性判決或大法官解釋。大法官解釋中，可以包括協同意見書、不同意見書的整理介紹

第四章 各方學者的討論，包括自己的看法

第五章　結論

（二）對議題蒐集相關判決之研究

　　若不是針對特別重要的一則判決（或大法官解釋）進行研究，而是採取第二種方法，對某一重要的法律議題或法律原則，想蒐集臺灣判決，看看有無有趣的討論。此時，就必須使用判決資料庫（司法院法學資料庫或法源法律網），進行判決的檢索蒐集，並就蒐集到的判決，進行分類，然後嘗試進行分析。

　　舉例來說，面對少子化的衝擊，各校紛紛制定了教師限期升等條款，要求教師若不認真做研究，而無法在六年內從助理教授升上副教授，或無法在八年內從副教授升上正教授，學校就要將之「不續聘」。過去，自中華民國遷台以來的五十年間（民國 38 年至民國 88 年），對大學教師都沒有這種嚴格的升等要求，但這十年間，為了評鑑或為了因應少子化，這已經成為各學校普遍的要求。但在以大學校務會議或校教評會通過這種限期升等條款的規定時，衍生出許多問題。一旦老師真的被不續聘，與學校的糾紛也層出不窮。更重要的是，到底法院承不承認這種限期升等條款？或者，在法院的判決中，對於限期升等條款，有沒有出現不同的糾紛類型？而從判決中，可以整理出什麼有趣的類型，或分析與建議？

　　因此，此時我們就可以嘗試以關鍵字，蒐集臺灣的判決資料庫，尋找有無關於限期升等條款，而引起的法律訴訟。當然，所謂的判決研究，也可以包含「訴願書」的研究，因為在行政法領域，有許多實務的「個案」，往往都藏在訴願書中。

　　對於上述問題，我們也可提出一種典型的判決彙整型的研究架構：

對某一議題蒐集臺灣各判決的研究架構

第一章　緒論

第二章　限期升等條款之概念與發展

第三章　臺灣限期升等條款之訴願與判決
　　　　研究（分類、分析）

第四章　從判決書中得到的啟發、或進行
　　　　分析、或批評

第五章　結論

> 將所蒐集的這個議題的各
> 種判決，嘗試進行分類、
> 整理，並抓出重要的判決
> 見解先進行基礎的分析

四、類比思考

（一）類比法

在民法總則中，會談到「適用」、「準用」與「類推適用」。所謂的類推適用，就是情況很像，但原本法律打擊的範圍並沒有打擊到這個系爭個案的狀況；此時，學者認為，既然跟另一個法條規定的情形很像，就主張可以類推適用。

我們日常生活中討論很多事情時，都常常運用類比法，只是我們可能沒有意識到。例如，甲學生跟指導教授說，他希望二年就可以畢業。其中一個理由，是提到學長乙，也是二年就畢業。這其實就是一種「先例思考」或「類比法」。但老師會反過來說，甲學生不可以類比為學長乙，因為有下述幾點不同：1. 學長乙已經考上律師，但甲學生還沒考上。2. 學長乙外文能力超強，論文寫得非常精彩；而甲學生的外文能力很弱，論文中對國外的討論太少。

這種類推適用的概念，在英美法此種判例法國家中，幾乎是對所有新爭議的思考，必經的一種思辯過程。而這樣的適用法律或創造法律的過程，就是判決先例拘束原則（stare decisis）的採用。在法律規範不明確或沒有成文法的領域中，英美法的法官擔任起造法的功能。他們必須先找出一個與現在的新爭議，最接近的幾個舊的判決先例。然後比較，到底這個新爭議，是否適用那個舊判決中所採用的標準或原則。在英文的語言中，這是一種「類比法」（analogy）。

此時，主張適用判決先例到這個新爭議個案的人，可能會提出下述理由：1. 本案爭議與判決先例的事實一樣，所以要適用判決先例。但反對適用的人，可能會提出下述反對理由：1a. 本案爭議與判決先例的重要事實不同；1b. 該判決先例不對，應被推翻。

又或者，贊成的人會主張，雖然事實有點不一樣，但是系爭新爭議的事

實，與判決先例非常像，應該「類推適用」。但反對的人可以主張，二個案件的事實差異很大，不可以類推適用。

又或者，在看了所有的判決先例後，發現不同法院，採取不同的兩種原則，亦即有的採取甲說，有的採取乙說。而此時，你可以主張，新爭議比較適合採取甲說。而反對的說法，則可以說，新爭議比較適合採取乙說。

應否適用判決先例

應否應將判決先例適用到系爭的新爭議？	
1. 系爭新爭議與判決先例的事實一樣，所以要適用判決先例。	1a. 本案爭議與判決先例的重要事實不同。 1b. 該判決先例不對，應被推翻。
2. 系爭新爭議與判決先例事實很像，應類推適用。	2. 事實不一樣，不應類推適用。
3. 法院有甲說乙說，系爭新爭議應採取甲說較妥。	3. 採取乙說較妥。

資料來源：Elizabeth Fajans & Mary R. Falk, SCHOLARLY WRITING FOR LAW STUDENT 32 (4th, 2011).

（二）類比法的錯誤

另外，類比法的適用上，也常常會有一些錯誤的使用。例如，我們常看到法律書中提到法律適用範圍時，到底要擴張解釋，還是限縮解釋，其實某程度也適用了類比法。在到底要擴張解釋還是限縮解釋時，常常出現「舉重以明輕」和「舉輕以明重」的用語。其實這兩句話完全相反，但常常出現在法律解釋的理由中，若是不了解這個意思，往往就會誤用。

公園裡面禁止車輛進入，若是「舉輕以明重」，坦克車當然不能進入；若是「舉重以明輕」，腳踏車也不能進入。但是，到底該採取哪一個見解？

簡單的說，若是「禁止」規定，就是「舉輕以明重」，情節較輕的都禁止了，更嚴重的當然不可以。若是「允許」規定，則採取「舉重以明輕」，嚴重的都允許了，輕微的也允許。

正反論證

允許規定	禁止規定
舉重以明輕	舉輕以明重

第四章　研究議題與方法的示範

　　在第二章中，我們已經建議，在論文的選題上，應挑選一些沒人做過的題目，而且也許可以挑選一個本土新議題，作為你的題目。而在第三章中，我們也指出法律的各種研究方法，尤其是主流的研究方法，包括比較法的比較研究，以及本土的新判決研究。

　　以下，綜合第二章和第三章後，對於如何挑選與研究本土新議題，提出一些研究或論述方法的建議，並舉三個例子作為示範。

一、對本土新議題採取何種研究取向

　　想要自己挑選一個臺灣的新爭議（新議題），作為你的論文題目。但對於這種自己挑選的新爭議，若想要寫出五萬字以上，是非常高難度的。因為，對於一個爭議，你要如何去「論述」它、去「批判」它，並且還能寫到八萬字？

（一）第一種方法：蒐集臺灣實際案例

　　既然是本土議題，要針對這個議題開始寫作，所需要的素材，最基本的就是蒐集臺灣案例。所謂的臺灣案例，若還沒有進入法院，就從各種報導、文獻上去蒐集案例。若已經進入法院，則去蒐集法院的案例。

　　蒐集完之後，再想辦法組織、呈現這些臺灣的實際案例。

（二）第二種方法：運用基礎法學素養去論述

　　其次，對於這個新議題，自己想要論述，可以先嘗試援用基礎的法學理

論與知識，嘗試去剖析、解構這個議題的各個面向。例如，對於一個「國會對兩岸服貿協議監督」的議題，你可以先嘗試用自己過去所學過的憲法、國際公法等知識，從既有的文獻中找資料，然後嘗試去解析這個問題。包括你可以用憲法的分權制衡原則、大法官講的立法的程序、國會自律原則等等，去剖析與解構這個議題。

　　不過，自己挑選臺灣的具體爭議，而想要只用你所學到的臺灣法學論述，自己「從無到有」地去論證這件事，基本上是一個「不太好組織」、「不太好架構」的論文。因為整本論文要先講什麼、次談什麼、再談什麼，都需要有相當的組織、整理、歸納能力。如果是一個從來沒有人寫過的本土新議題，僅用自己習知的本土的一些法學知識，就想要去清楚的解析、分析，若無相當程度，則無法做得太漂亮。

（三）第三種方法：援引國外類似問題討論而比較

　　如果你夠厲害，可以對臺灣的這個爭議，借用國外的討論，去比較看看國外對這個問題或類似爭議，會怎麼處理。這種思維，就是所謂的「比較法」的思維，也是法律學者的主流思維。臺灣的法律學者，凡是碰到問題，就會想到：若是發生在美國，會是如何處理？若是發生在德國，會是如何處理？

　　但是，要如何找到德國或美國類似的制度？類似的爭議？倘若一個問題只有臺灣有，剛好德國或美國並沒有這樣的爭議，那就糟糕了，這樣根本沒辦法從外國法那邊，找到類似的討論。既然找不到類似的討論，就沒有東西寫。

（四）冒險的題目

　　上述這種，自己思索一個本土議題，然後想要嘗試運用既有的法學素養，或者嘗試尋找國外法的資料，來反思這個本土議題，其實本質上，它是一個「冒險的題目」。之所以是冒險的題目，最怕的就是，不知該如何架構

這篇論文、不知哪邊有文獻可以參考、沒有太多過去的文獻討論過這個問題。

所以，對於這種「冒險的題目」，如果沒有找到既有的、適切的法學論述，可以來論述這個問題，可能就沒辦法論得精彩。或者，如果這個冒險的題目，國外並沒有類似的問題，你也就無法找到外國法的資料，一樣也無法做出精彩的論述。

最後的結果，要不就是這篇論文，可能流為你個人主觀意見，亦即，你找不到太多討論這個問題的文獻，所以，通篇充斥著你個人的主觀認知與見解，而沒有依據。又或者，你的論文最後又淪為剪剪貼貼，而且剪貼的是跟該議題不是那麼有關連的其他論述。

自己思考本土議題，是值得支持的作法，才是對臺灣有所貢獻的研究。但是，最怕的就是，由於這是一個冒險的題目，所以到最後寫不出精彩的論述，而又為了要湊足八萬字，結果只好再次剪剪貼貼。

本土新爭議的研究，其實是一個「冒險的題目」，可能找不到足夠的資料，來撐起你至少八萬字的碩士論文，所以要把本土新議題論述得精彩，可能還是需要指導教授的提點。亦即，指導教授對於這個本土新議題，他會建議你，到底可以從哪些既有的法學知識中，去論述這個問題；或者，指導教授對外國法非常熟悉，他已經掌握了外國法也有類似的問題，而提示你那邊可以找到相關的討論。

以下，我僅以我曾經寫過的三則本土議題，提出為何本土新議題是一個有價值的主題，卻是一個「冒險的題目」。

二、示範 1：大學評鑑制度

　　我 2008 年至 2012 年間在一所私立大學任教，當時正面臨大學系所評鑑以及減招的問題。我那時對臺灣突然施行起來的大學評鑑制度，感到非常有興趣。當然，對於大學評鑑的各方面運作，我都認為很不合理，而想要挑戰它、質疑它。

　　我為了要想批評、質疑臺灣的評鑑制度，我想到用兩方面的資料，來論述這個問題。第一，採取前述的第二種方法，運用既有的憲法、行政法的知識、各種原理原則，來檢討評鑑制度的運作。這屬於上述講的第二種方法，就是單純用既有的國內的法學知識，去探討一個新的本土議題。

　　其次，運用第三種方法，比較法的比較。由於我熟悉美國法，於是我想到，可以去找一下美國的法律文獻，是否有探討大學評鑑這方面的法律問題，是否美國也有類似的爭議？而他們的法院又是如何處理？會挑選美國，除了因為我只會看英文，熟悉美國法之外，另外一個原因，就是教育部的官員，當初都說，我國的大學評鑑制度，學的就是美國的評鑑認可制。既然說是學美國，我就很想了解，美國真的是這樣運作的嗎？

　　最後，則是我蒐集了美國法律經濟學文獻中，對於評鑑制度運作產生的經濟效果，所提出的經濟模型。我參考了該研究之內容，擷取其精華，也放入論文中，以支持我最後想提出的結論。

　　我綜合採用上述三種方法，分別進行論述。當然論文最後，比較完美國法的討論以及經濟學理論上的討論，我將角度拉回臺灣，提出我對臺灣的大學評鑑制度的批判。

　　以下是我寫的「美國法學院評鑑認可制及其影響」一文[1]的目錄，從該目錄中，大概可以看出我採取哪一種論述方法。

---

[1] 楊智傑，美國法學院評鑑認可制及其影響，法學新論，第 9 期，頁 31-65，2009 年 4 月。

例

題目：美國法學院評鑑認可制及其影響

壹、前言

貳、臺灣法律系所的管制
　　一、法律系所的數量與開放
　　二、法務系與法律專業研究所的提議
　　三、壓迫多元法學教育的可能性
參、美國法學院評鑑認可制度
　　一、美國高等教育評鑑認可制度
　　二、美國法學院評鑑認可制度
　　三、未得到評鑑認可的結果
　　四、法學院排名

> 比較法，比較美國評鑑制度運作

肆、法學院評鑑認可制度追求的目的
　　一、評鑑制度追求的目的
　　二、法學院教授自利誘因
　　三、法學院支持的原因
　　　　（一）排除新學校競爭
　　　　（二）採取非營利模式經營
　　四、既存的律師希望減少競爭
　　五、誰可能反對？
　　　　（一）法學院學生
　　　　（二）法律服務的消費者
伍、評鑑認可制度的經濟效果
　　一、對法學教授市場的影響
　　　　（一）讓教授們得到高額利潤
　　　　（二）自由競爭下法學教授和律師市場的關連

> 法律經濟分析

二、對法學教育市場的影響

（一）限制產出

（二）提高價格

（三）老師和評鑑委員獲利

（四）排除競爭

（五）阻礙法學教育的多元性

三、對學生的影響

（一）提高學習成本

（二）公平性

四、對法律服務市場的影響

（一）減少律師的供給

（二）增加法律服務的成本

（三）人民無法負擔法律服務

> 法律經濟分析。借用美國學者對評鑑制度運作的經濟分析成果

五、對大學內部資源的影響

陸、競爭法挑戰

一、實際訴訟

（一）麻薩諸塞州法學院訴美國律師協會案

（二）司法部與美國律師協會行政和解

二、是否適用競爭法？

（一）教育部認可之評鑑機構是否默示豁免？

（二）州行為豁免

（三）遊說豁免

> 比較法：比較美國法院判決

（四）法學院認可制是否可以豁免？

柒、美國與臺灣評鑑制度與效果之比較

一、評鑑標準

二、評鑑認可制的懲罰機制不同

　三、學費管制

　四、教師薪水管制

　五、律師名額高度管制

　六、壓制新興法律系所的多元教育可能性與自主性

捌、結論

　　在此簡單說一下我的研究心得。臺灣評鑑制度是學美國的「評鑑認可制」，但美國的教育部因為平常不管各大學的發展，故才發展出評鑑認可制。但臺灣教育部對各大學系所本來就無所不管，為何還要另外發展出評鑑制度？亦即，兩國在整體的教育管制背景不同下，我國為何有需要移植美國的大學評鑑制度？

　　細部去看則會發現，美國評鑑認可制的運作，與我國的運作，有更多的不同之處。美國在評鑑制度下，為了符合評鑑要求，學校支出不斷上漲，學費因而也不斷上漲。但是，臺灣教育部卻對大學學費做嚴格管制。既然不准學校漲學費，學校哪有經費去滿足評鑑的各種要求呢？諸如此類，在不了解其他國家制度與配套環境的情況下，就貿然引進的評鑑制度，造成各大學系所很大的困擾。

　　甚至，評鑑制度還搭配強迫減少招生名額，更是一種人權迫害。美國大學系所未通過評鑑，頂多只有政府不補助，或者畢業生不能參與某些考試，但根本沒有所謂的「減招」。但是，由於美國私立大學學費自主，就算政府不補助，某些學校也無所謂。但是，我國一方面學費被政府嚴格管控，另方面，招生名額也被政府嚴格管控。而實際上，我們之所以在評鑑之後會有減招制度，根本就是為了提早因應少子化的浪潮。

三、示範 2：減少招生名額

在前一篇研究大學評鑑制度的過程中，我參考了美國的文獻。但寫到最後，回頭特別針對本國制度進行分析時，我的論述中，沒辦法引用太多英文文獻。原因在於，美國的制度運作，跟我國的運作，天差地別。例如我國出現的減招（減少大學招生名額），美國根本就沒有這個制度。而我想批評減招這件事情，完全沒有英文資料可供參考。

對於教育部可以減少大學招生名額這件事情，如果我想要研究並分析，我到底該如何著手？

我先採用上述第一種方法，先將我所知道的被教育部減招的案例，包括我自己學校的案例，以及其他學校的案例，從教育部訴願書、媒體報導等資訊，蒐集了相關案例，並加以歸納整理。尤其教育部訴願書中所提到的一些問題點，讓我對這個減少招生名額的切入角度，提供了思考方向。

第二種方法，亦即運用基礎的憲法、行政法學理的素養，去分析質疑現在的大學評鑑制度。我發現，發生在臺灣的評鑑運作，可說是全球特有的，例如在評鑑標準不明之下，評鑑委員隨意以個人內心標準要求各校；又例如教育部搭配評鑑制度而來減招制度，都是臺灣獨有。我在批評臺灣的減招制度時，去翻譯介紹美國的制度，對討論沒有太多幫助。因而，只好用既有的憲法、行政法學理，靠自己的整理釐清，自己架構出一套分析與批評的順序，來討論這個問題。

以下是我針對我國評鑑制度實際運作問題另外寫的一篇文章[2]，綜合我國憲法學、行政法學，自己組織出的一個研究架構。包括我從大法官針對課程所做出的重要解釋，類比（類推適用）到評鑑制度的問題，以及大法官在釋字 462 號對個別教師升等的評量，類比（類推適用）到整個系所集體成果

---

[2] 楊智傑，大學系所評鑑對私人講學自由之侵害，台灣法學第 130 期，頁 50-70，2009 年 6 月 15 日。

的評鑑。這樣的論證，一方面就是自由運用本國公法學的基礎知識，然後運作傳統的類比的思考，進行論證。

關於該文章的論證方式，透過下面的目錄，應可窺知一二。

例

題目：大學系所評鑑對私人講學自由之侵害

壹、前言

貳、對課程設計自由的侵害

　　一、通識制度影響評鑑結果

　　　　（一）哈佛大學的通識制度

　　　　（二）真理大學的通識制度

　　　　（三）通識制度影響評鑑結果

　　二、大法官與大學課程設計相關解釋

　　　　（一）釋字 380 號：開放共同必修

　　　　（二）釋字 450 號：組織自由與課程自由

　　三、評鑑報告干涉各系所課程設計與教學自由

參、以釋字 462 號法理分析評鑑制度運作

　　一、單一教師升等與系所評鑑的類比

　　二、評分依據：應提供標準

　　　　（一）評鑑標準不明

　　　　（二）最低設校門檻標準

　　　　（三）各系自我評鑑分數配分

　　　　（四）各批評鑑標準不一

　　三、評分程序：不可任意推翻初步評分

　　四、救濟程序：不可遁入專業判斷餘地

> 運用類比法，將大法官解釋對升等程序問題之建議，類比到評鑑制度上

　　五、小結

肆、美國評鑑制度與訴訟

　　一、私立學校的管制

二、大學評鑑認可制度

（一）美國私人評鑑認可制度

（二）未得到認可的結果

三、相關法律訴訟

（一）主張評鑑機構違憲

（二）主張教育部長違法承認

（三）主張評鑑機構違反競爭法

比較法，比較美國評鑑制度的運作與判決

伍、比較分析

陸、結論

四、示範 3：不適任教師解聘

第 3 個例子，則是關於我國教師法第 14 條所講到的「教師行為不檢有損師道」，而學校可將之解聘、不續聘的規定。

首先先說明我的「研究動機」，為何我想研究這樣一個本土議題。教師法第 14 條規定，教師行為不檢有損師道，經有關機關查證屬實後，學校可將之解聘或不續聘，並且終身不得任教。我在以前任教的學校，校內有一個老師發生性侵學生疑雲，被學校解聘，該老師就跟學校進行訴訟。當時我擔任學校法律顧問，必須站在學校立場，和該老師進行訴訟。但我個人是同情這名老師的，因為我們應該給每個犯錯的人有改過自新的機會，但教師法第 14 條卻規定，一旦老師犯錯被解聘，就終身不得任教。雖然最後，我替學校贏了訴訟，但我在良心上，覺得教師法第 14 條是一個非常有問題的條文。

這個問題，其實各國都有類似的規定，美國當然也有。但我發現，我國各校在實際運作上，有非常多的弊端。而且我也蒐集過學術上的討論，發現國內幾乎沒有學術文獻，探討「不適任教師解聘」且「終身不得任教」。因此，我覺得這是一個還沒有人挑戰過的本土新議題，我可以試著發揮看看。

我在研究這個本土問題，一樣同時採取了上述三種方法。

在第一種方法上，首先，我從各方面的管道，包括各級法院判決、教育部訴願書、中央教師評議委員會申訴評議書、媒體報導，去蒐集所有與教師行為不檢有關的案例，並加以歸納、分類整理，從中發現實務運作的問題點。

在第二種方法上，如何用我所學的本土憲法、行政法的知識，去分析、批評這個規定。對於「行為不檢有損師道」此一構成要件，我認為違反憲法中所提到的「法律明確性原則」；被解聘就「終身不得任教」，我認為違反憲法中的「比例原則」。所謂的法律明確性原則、比例原則，學過憲法的都懂，但在我寫這篇論文以前，從來沒有人用此二原則，質疑、分析過教師法第 14 條的規定。

　　至於第三種方法，參考美國法的論述。我在研究期間一開始，試圖整理歸納，過去臺灣所有跟不適任教師解聘的判決或案例，試圖整理到底國內承認哪些不適任教師的類型。其實，我發現有二種類型非常有問題，一種是所謂的「師生戀」，一種是「老師發表批評言論」。我搜尋了美國法的相關文獻，對這二種行為類型的相關討論，並提出比較。簡單的結論是，在美國，老師發表批評評論，並非「行為不檢有損師道」。而「師生戀問題」，至少在大學階段，只要不涉及性騷擾（尤其是交換型性騷擾），也不是「行為不檢有損師道」。這就是我採取第二種方法「比較法研究」，得出的成果。

　　這一篇研究 **3** 的論證，透過該論文的目錄，可以窺知一二。

題目：教師行為不檢有損師道及其懲處效果之檢討
壹、前言
貳、「行為不檢有損師道」的認定模糊
　　一、涉及私德不算有損師道
　　二、類型化
　　　　（一）論文著作涉及抄襲
　　　　（二）批評校方與其他老師
　　　　（三）與同事相處不睦
　　　　（四）漠視學生權益
　　　　（五）批評政治人物
　　　　（六）貪污
　　　　（七）性侵害與性騷擾
　　　　（八）師生戀與婚外情

> 蒐集台灣所有判決書、訴願書，嘗試自己類型化

　　三、法律明確性原則之要求
　　　　（一）專門職業人員懲戒

---

3 楊智傑，教師行為不檢有損師道及其懲處效果之檢討，國會月刊，37 卷 11 期，頁 42-63，2009 年 11 月。

　　（二）公務員懲戒

　　（三）建議明確類型化 ┄┄┄┄┄┄┐

四、特殊事件檢討

　　（一）校外言論

　　（二）師生戀 ┄┄┄┄┄┄┐

五、建議各校自行以聘約明定

參、停聘性質及其效果

一、停聘的性質

二、是否需要發放聘書並重新辦理停聘

三、停聘後可以不續聘或解聘

四、停聘的效果輕微

五、教師法修法草案 ┄┄┄┄┄┄┐

肆、終身不得任教

一、不需要被解聘、不續聘才有該條效果

二、「終身不得任教」的處罰太重

三、過度侵害工作自由

四、建議取消終身不得任教的規定

五、採取其餘校內懲處 ┄┄┄┄┄┄┐

伍、結論

> 援用類比方法，類比大法官解釋禁止從事其他職業的問題，做類比思考

> 運用比較法，比較美國法中對此二種類型的處理態度

> 我國修法的討論

> 提出個人見解

　　2009 年，我將上述論文完成後，發表於一本國內刊物。論文發表後，我至少接到三位老師打電話或寫信給我，尋求協助，因為他們正面臨行為不檢被解聘的命運，問我該如何訴訟，可提出何種抗辯。至 2012 年，大法官做出釋字 702 號解釋，宣告教師法第 14 條雖然不違反「法律明確性原則」，但「終身不得任教」的規定，違反「比例原則」，宣告其違憲。

　　我想強調的是，在 2012 年以前，全臺灣發表論文質疑教師法第 14 條違憲的論文，就只有我那一篇論文。所以本土新議題的開發與研究，絕對有價值，但是其仍然是一個「冒險的題目」，因為所研究的，是一個臺灣沒人研究過的題目。

第五章　蒐集中文資料

在做法學研究時，必須使用各種大量的參考文獻。除了法條之外，最重用的資訊，包括判決、期刊論文、學位論文。以下，我依序介紹臺灣幾個主要資料庫的使用方法。

一、蒐集文獻

在法律的研究中，沒有嚴謹的研究方法。法律圈的研究方法，大概都屬於「文獻分析法」。但是法律人所閱讀的文獻，與其他學門的文獻，有一點不同。

（一）一手文獻與二手文獻

一般同學可能會認為，最重要的文獻，當然就是學術文獻，這包括教科書、專書、論文集、期刊論文、學位論文等等。除了中文的文獻外，因為法律重視比較法研究，所以也需要閱讀外文的文獻。這些學術的文獻，在法律的研究中，我們可稱為「二手文獻」（secondary legal 或 secondary source）。在法學緒論的課本中，我們將學者的理論，歸屬為「間接法源」。之所以是「二手文獻」或「間接法源」，因為法律研究的對象，最主要就是法條、判決。

法學研究所要研究的一手文獻（primary source），應該是法條、判決，包括外國的法條、外國的判決。這種一手文獻，在法學緒論的課本上，又稱為「直接法源」，包含了憲法、法律、命令、自治法規。在法學緒論的課本中，將「判決」或「判例」歸於間接法源，但那可能是指大陸法系國家下，

判決也許沒那麼重要。但在英美法系國家下，判決乃非常重要的一手文獻。

　　上面之所以要指出的一手文獻和二手文獻的區分，在於我們在做法律研究時，一定要先搞清楚一手文獻（法律和判決）的內涵，因為那是討論的基礎、前提。若你對法律規定或判決內容都搞不清楚，就想直接進入學者的理論分析，則是底子不紮實。

（二）透過二手文獻掌握一手文獻

　　但是，在閱讀順序上，我們面對某一個不熟悉的領域，如何知道有哪些相關的重要條文？有哪些相關的重要判決？由於我們並不熟悉那個領域，所以，必須透過學術文獻的帶領，經過學術文獻的整理介紹後，才會大概知道，這個議題或領域上，哪些是必須知道的重要條文，而哪些又是非常重要的判決。

（三）資料完整

　　對學術文獻的蒐集，通常會建議「全面性的蒐集」，亦即把你所欲研究的主題，相關的文獻，透過資料庫蒐集後，盡可能地完整蒐集[1]。尤其，既然臺灣的法學碩士論文要寫八萬字，很多人常常擔心的是資料不夠多，沒東西抄。因此，蒐集越多的資料，有助於你更豐富的討論。

（四）讀較新的文獻

　　在時間有限內，資料庫上查到的文獻很多，但該從哪篇文獻看起？此時通常會建議，應從最新的文獻看起。若找到 20 篇文獻，卻只有看 10 篇的時間，則應該把時間點較近的新文獻 10 篇看完。這是因為法律是不斷演變的，包括法條、案例、學說等，都不斷地在演變。越新、越後面的文獻，比較能

---

[1]　Elizabeth Fajans & Mary R. Falk, SCHOLARLY WRITING FOR LAW STUDENT 53 (4th, 2011).

清楚介紹最新的法律發展，也順便會把一些舊的學說幫你整理好。看了新的文獻，大致上也就能掌握舊的學說、法律、案例等。

　　例如我在研究美國一個法律規則時，關鍵字打入資料庫搜尋，出來20篇文章，通常我會挑3篇最近的開始閱讀。我相信這3篇較新的文獻，也會把過去其他17篇文章的重點，通通涵蓋進來。看完晚近的3篇文章後，若看到他們裡面引用的比較重要的舊文章，我再選擇性地挑選出來看。

二、查詢判決

　　曾經有人在網路上問我一個問題，是她聽過一個「米商和肉販」之間的糾紛，她想找臺灣的法院是否有對這個案子做過判決，問我如何搜尋。我告訴她我大概沒辦法幫她找到這個判決，但是可以教她搜尋判決的方法，然後請她自己去找找看。

（一）司法院網站

　　首先，先進入司法院網站，網站的左邊有很多項目，請點選「法學資料檢索」。進去之後，你就可以慢慢學著自己摸索如何使用這個系統。

　　我個人在使用司法院的法學資料檢索，最常使用它的「裁判書查詢」功能。

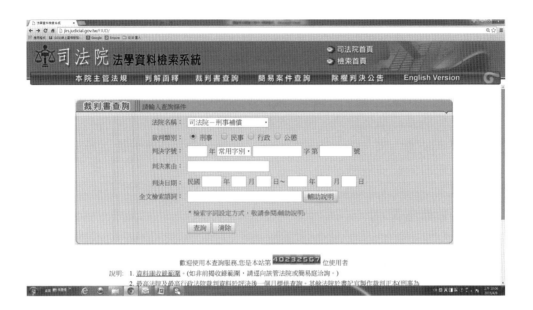

　　在司法院的法學資料檢索系統中，查詢判決時，一定要選擇哪一個法院，一次只能查詢一個法院。而且，一次也只能查詢該法院的「某一類別」的判決，例如是「刑事判決」還是「民事判決」。

　　例如上述網友問的「米商和肉販」的問題，光只有這樣的資訊，是很難查詢的，因為這個查詢系統必須先選擇哪一個法院哪一類案件，然後用關鍵字進行搜尋。

　　像這個問題，我不知道是在哪個縣市發生的，就不知道該選哪一個地方法院。不過應該是選「民事」沒錯。至於關鍵字可以用「米商」或「肉販」之類的去搜尋，打在「全文檢索語詞」那邊，進行判決全文的搜索。可是我不可能全臺灣所有地方法院一個一個慢慢去試，不過，若真的有時間，可以「一個法院搜尋一次」慢慢地將所有法院逐一搜尋看看。

　　通常若是想找「具有代表性的判決」，只會找高等法院以上的判決，所以比較好找，因為高等法院以上的判決，大概只有最高法院和幾個高等法院的分院，所以不會找半天還找不到。

　　上面提到，司法院的法學資料搜尋系統在搜尋判決時，一次只能點選一個法院，並不是很方便。通常，都是我們已經知道某一個判決的判決字號，才會直接使用司法院的系統去查詢。當然司法院的系統也不是沒有好處，其好處有二：

1. 司法院的系統是免費的，任何人都可以直接使用。
2. 當某判決書中有一些附圖或附表時，司法院的系統在判決文最下面，可以下載該附圖或附表。

（二）法源法律網

　　上述司法院網站的法學資料查詢系統，在查詢判決時，一次只能查詢「一個法院」，所以對於「不知道這個案子會出現在哪個法院」的情況來說，司法院的查詢系統使用起來，不太方便。此時，我就推薦另一個更好用的「法源法律網」。

　　法源法律網可以查詢的東西很多，包括各種法律或行政命令（法規查詢）、政府機關的判解函釋、法學論著、法學題庫等等，但是，最好用的地方，還是其「裁判書」的查詢。

　　法源法律網的裁判書查詢，一次可以勾選多個法院，例如你一次可以把所有臺灣各法院的「民事庭」部分全部勾選，然後以「米商 & 肉販」做關鍵字，一次查詢所有臺灣各法院中，同時提到「米商」和「肉販」的判決。其中「&」這個符號，是法源法律網在查詢時很重要的一個符號，其代表「且」的意思，亦即你希望查的是該判決中同時提到「米商」和「肉販」的判決。

　　如此一來，就可以快速找到各種判決，然後再一一點進去閱讀，看看是否是你想要的判決。

　　聽起來，法源法律網的系統好用多了，那為何我還要介紹司法院的系統呢？原因在於，法源的系統有二個不方便的地方：

1. 法源法律網是私人公司的資料庫，必須學校或機關有向其購買使用，不然無法進行這種搜尋。

2. 當判決書有附表或附圖時（例如專利案件在侵害判斷上常需要參看原專利說明書中的圖式，以及涉嫌侵權產品的照片），法源的系統並沒有提供原判決書的附表或附圖供參考。

三、查詢期刊論文

（一）臺灣期刊論文索引系統

先上「國家圖書館」，有一個「臺灣期刊論文索引系統」（http://readopac.ncl.edu.tw/nclJournal/）輸入關鍵字查詢相關期刊論文。

比較好的作法，一樣是點入「詳細查詢」，在關鍵字那欄，輸入你想查詢的相關主題，用此方法查詢。

國家圖書館有提供論文列印服務，只要該篇論文旁邊有出現「已掃瞄」或下述圖案，就表示國家圖書館已經掃瞄了這篇論文。

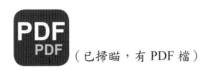（已掃瞄，有 PDF 檔）

　　只要有被掃瞄的文章，可以直接在網頁上點選該符號，就可以直接在線上免費閱讀該文章的 pdf 檔，並可直接列印。

　　另有一種論文，過去國家圖書館已經掃瞄，提供付費方式線上下載列印。但是近年來，由於各期刊雜誌，都開始以收錢的方式授權給大型的學術資料庫，各期刊雜誌已經明確拒絕國家圖書館這種方式，而只願意將期刊電子檔提供給商業資料庫。所以，我們現在用國家圖書館查到的大部分法學論文，都沒辦法直接在國家圖書館下載檔案（就算想付費也無法下載）。但由於國圖已經擁有該文章之掃瞄檔，所以提供在國家圖書館「館內電腦線上瀏覽」。

　　但國家圖書館仍保留了一種「你付費、他幫你印好，再將紙本寄到你家」的服務。但我想這種服務，由於沒辦法及時看到該篇論文，對很多同學來說，應該沒有太大的吸引力。除非你是住在偏遠的縣市，真的沒辦法跑一趟圖書館去影印論文，也許可以考慮使用這種服務。

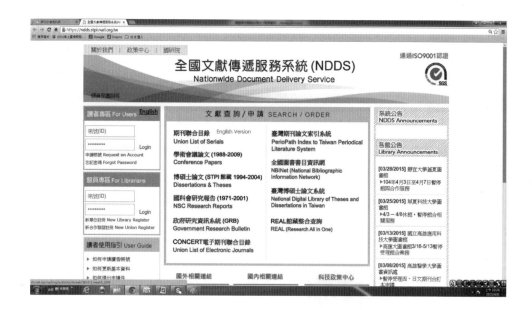

（二）月旦法學知識庫

元照集團自己將法律期刊建構在一個「月旦法學知識庫」內（請從「元照法律網」或「各校圖書館電子資料庫」連入）。

查詢方法，一樣先點「進階查詢」，然後以關鍵字，設定查詢範圍爲「中文篇名」或「摘要」。但是月旦法學知識庫，比起國家圖書館的系統，還有一個更好的地方，其類似國外的法學資料庫，對論文採取全文掃瞄或有全文電子檔，因此，在搜尋論文時，不只是可以搜尋中文篇名或摘要，還可以搜尋論文全文。

例如，我想要搜尋關於「專利權利耗盡」的論文，我第一次搜尋，會以「專利權利耗盡」作爲關鍵字，搜尋論文的篇名或摘要。

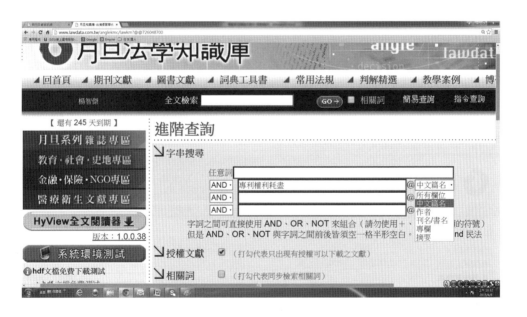

但倘若所得到的結果不多，文章太少，我就會做第二次搜尋。

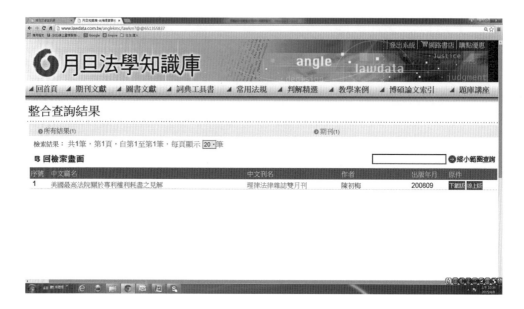

　　第二次搜尋，則將搜尋範圍，擴大到「所有欄位」（亦即可能包含論文全文），這樣就可以搜尋所有資料庫中的論文全文中，有在文章中任何一個地方討論到「專利權利耗盡」的文章。

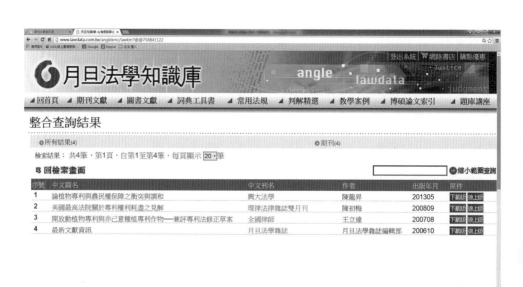

月旦法學知識庫內的文獻，某些已經提供全文掃瞄（例如在上圖每一篇文章最右邊的「原件」，若有顯示一個文件圖案的，就是有全文檔），支付點數之後能夠直接下載列印。

各校若設有法研所，應該都有購買這個資料庫，然後全校有一個該年度的可用點數。例如該校可能的年度使用點數是 20 萬點，假設印一頁論文需要 2 點，一篇論文有 30 頁，就會扣掉 60 點。而只要今年度貴校還有點數可以使用，應該就可以繼續下載列印。

月旦法學知識庫如此好用，為何還需要上國家圖書館的「臺灣期刊論文索引系統」呢？原因在於，月旦法學知識庫主要是跟法學期刊洽談授權，但有一些法律議題的論文，並不一定是登載於法學專業期刊。若不是登載於法學專業期刊，可能就不會被收錄進月旦法學知識庫，所以，為了全面地蒐集到這個主題的所有文獻，偶爾還是要搭配國家圖書館的系統進行補充搜尋。

（三）各校圖書館列印

倘若，貴校圖書館購買月旦法學知識庫的點數，因為同學太過認真，一下子就被用光了，就無法再直接線上列印期刊論文全文，該如何取得該期刊論文的內容呢？

既然要寫報告，當然要鼓勵同學多上圖書館。其實各校的圖書館都還是會購買很多的紙本期刊。當我們查到相關的論文，可以上學校圖書館，確認學校有沒有訂購這本刊物，但有時候也要確認有沒有訂購你要的那一期。然後就到圖書館去把它找出來列印。但必須先熟悉各學校圖書館期刊放置的位置與編目順序，若不懂時，可隨時請教該區的圖書館人員。

四、查詢博碩士論文

（一）臺灣博碩士論文系統

上網查「國家圖書館」，進去後，選擇「臺灣博碩士論文系統」，輸入關鍵字查詢相關學位論文。

比較好的作法，是先進入「進階查詢」。對於你想找的題目，輸入關鍵字，查詢範圍設定為「論文名稱」。若查詢選項為「論文名稱」，卻查不到文獻，則可放寬查詢範圍。仍然使用關鍵字，將查詢範圍設定為「摘要」。當然，若想要蒐集所有相關文獻，則可用關鍵字，將查詢範圍放大到「不分欄位」。

　　國家圖書館的博碩士論文系統，很多論文有提供全文電子檔可以下載，只有旁邊出現「電子全文」此一符號，就代表其提供電子全文下載。只要先上網註冊帳號密碼，就可以免費下載。

（二）各校圖書館的學位論文系統

　　有的時候，國家圖書館上查到的學位論文，沒有提供電子全文的學位論文。此時，還不必緊張。該本論文的電子檔，只是在國家圖書館的系統查不到，但可能在該本論文畢業學校的圖書館網站上，可以找到電子檔。

　　因為某些學校會自己建立學位論文系統，而沒有跟國家圖書館的系統整合在一起。所以，某些學位論文，要連到各校自建的系統，就可以查到電子全文。如何知道哪些學校有自建系統呢？在「臺灣博碩士論文系統」右上角有一個「相關網站」，點入後再點「臺灣」，就可以看到其他學校自建的系統，在那邊可能可以查到電子全文。

（三）論文影印

　　如果這樣都還沒辦法找到電子全文，只好真正跑一趟位於台北市中心的國家圖書館，或者跑到該本論文畢業學校的圖書館，親自去印學位論文。在國家圖書館內，一般法研所的論文是在五樓的法律資訊室。但現在有很多法律相關系所（例如智慧財產權研究所、科技法律研究所），其論文就放在二樓的學位論文區。當然，在前往搜尋時，最好先用國家圖書館的館藏查詢，查到館藏位置，再前往查詢。

五、先閱讀摘要和目錄

前面介紹了各種法律文獻的查詢。至於在閱讀上，由於博碩士論文、期刊論文通常都有提供論文摘要（abstract）。我們找到一篇文獻時，不要太快就看內容，而應該先閱讀摘要和目錄。

看了文章的摘要，大概可以知道這篇文章的重點、討論的方向、提出的建議。但有的時候因為摘要過於簡短，不確定其到底在論文中討論了哪些細則，此時，若可以取得目錄，則可快速地瀏覽其目錄。透過瀏覽其目錄，也可掌握該篇論文具體討論的細節。

由於博碩士論文往往就相當於一本書，非常厚，光看摘要不知道裡面討論什麼。有的時候相同類似題目的論文，兩者的內容卻可能差異甚大。在博碩士論文網中查到的學位論文，都會提供該論文的目錄。因而，透過閱讀該目錄，就可以快速掌握該篇論文討論的方向。例如從目錄中，就可以看到這篇論文所進行的比較法，是比較日本法，還是比較美國法。

第六章　蒐集英文資料

一、提升英文能力

（一）研究所的外文 reading

考上法律研究所的人，在碩士班一年級的時候，也一定會遇到課堂上老師指定太多英文讀物（reading），而痛苦不堪的日子。剛唸研究所的人，老師指定這麼多英文 reading，學生一定會唸得很辛苦。有的時候單字也查了，但由於專業背景不夠，不懂文法，對全文還是不太了解。

而到上課報告時，因為欠缺經驗，一旦被老師打斷，也可能慌了，手忙腳亂，報告到哪一段都不知道。因為看英文本來就沒有看中文快，所以當下想再去看原文找自己到底報告到哪裡，可能看了老半天，還是很迷失。這些都是碩士班一年級常犯的錯誤。

1. 不能只仰賴 google

我認為碩士班一年級，的確是應該花點苦工，好好的磨一下英文。尤其對念法律的同學來說，我們沒有學什麼研究方法的課，外語可能就是我們唯一的研究工具，必須透過慢慢磨練，英文才會提升到一定的程度。所以查單字、學文法，一句一句慢慢咀嚼，雖然很慢，但這是一定要扎扎實實訓練的基本功。

千萬不要想要走捷徑。例如有人會把英文論文的電子檔，用 Google 翻譯軟體做全文翻譯，這樣報告時就有中文全文對照看，不用辛苦查單字。但

實際上，翻譯軟體翻譯全文，一定錯誤百出，畢竟每個英文單字在不同的脈絡下會有不同的意思。自己讀一定比翻譯軟體全文翻譯的結果好，而且這樣就喪失了紮馬步、練基本功的用意。雖然可能課堂報告順利結束，但英文底子卻很空虛。不過，倒是可以透過翻譯軟體，先把全文大致翻譯一下，翻譯出來的東西文法雖然非常不順，但可以對照中英文看，然後再一句一句對照英文，去修改翻譯軟體翻出來的狗屁不通的中文句子。

2. 報告的技巧

在課堂報告的時候，一定要切記一點，英文寫作的方式，每一段大概都是講一個觀念，而第一句話往往是本段的重點。當我們一次報告要報告太多頁，往往讀到後面，就忘了前面，或者報告到一半，老師一打斷，臨時一慌，也搞不清楚自己報告到哪，下面接著寫什麼也都臨時想不起來。最好的方式，就是在每個段落旁邊做些小筆記，提醒自己這一段的重點。這樣一邊報告原文，一邊看自己旁邊註記的重點，就可以比較快掌握下一段的意思。

甚至許多同學，擔心光在文章旁邊記住中文重點，臨時報告，還是沒辦法快速抓到文章重點，乾脆就把英文文章全文翻譯出來，報告時，就念翻譯出來的稿子。這種方式當然也可以，但是就怕同學習慣了翻譯，以後覺得念文獻就是在翻譯。

3. 苦讀必有收穫

或許你會覺得，研究所老師幹嘛都叫我們讀英文，是不是老師自己想念什麼新東西，就叫我們陪著念。我以前是有這種想法，但後來想想，無所謂，不管指定的 reading 到底是不是最適當的文章，就算這篇文章根本與課程無關，我就當學英文，用力學好文法和新單字最重要。因為，這將來都會是你自己的能力。

（二）如何念法律英文

學習英文，最重要的就是要持續。而誰能持續到最後一刻，誰的英文就

學得好。不過，做任何事，若沒有一點樂趣，往往都無法持續下去。所以，要如何幫助自己在學習中找到樂趣，或者至少不會一直遭遇挫折，就是讓自己能持續學習英文最重要的一件事。

通常，讀英文會因為不斷出現單字，而需要不斷查單字，而查單字又往往耗費時間，阻礙閱讀的興趣，而讓人不想碰英文。因此，若能解決查單字的問題，讓查單字不要這麼耗費時間、讓其變得快一點，不要打斷閱讀、學習的樂趣，是很重要的。這時候，可以運用一些輔助工具。

我推薦使用網路的即時翻譯軟體（例如譯典通 Dr. Eye）。我以前在讀英文 paper，喜歡有電子檔全文的，我可以用翻譯軟體的即時翻譯功能，一看到不會的單字，就按右鍵點一下，馬上就出現那個字的意思。這比用翻字典，或在電腦上 key in 某個單字然後翻譯，來得快多了，節省我很多查單字的時間。這樣的好處是我的閱讀不會被單字打斷，可以快速地大概知道那個單字的意思，然後繼續往下讀。但因為我都沒有記下這些單字，只是點一下就繼續往下看，下一次出現可能又忘了，只好再點一次。不過不用怕，往往讀到最後，某一個重複出現的陌生單字，我可能會點選查詢四五次，查了幾次之後，最後自然就記住了這個單字。

另外，學習英文，有時候若不想查單字，也可以用「猜」的，看前後文猜那個單字的意思，這樣也可以避免因查單字而打斷閱讀的樂趣。不過，要怎樣才能猜得準確呢？這時候，最好就是你對那個英文文章的主題，先讀一些中文資料，有了背景知識，再讀英文文章，有時候就算英文看不懂，猜一下，也就可以順利讀下去了。

例如，我以前大學時有空會看一點 China Post 或 Taipei Times（臺灣發行的英文報紙），當時雖然也沒查單字、也很多上面的單字看不懂，但是由於先知道報導的就是一些臺灣發生的新聞時事。而這些時事，我已經先看過中文報紙或電視新聞了。先了解了這個新聞的來龍去脈，再來看英文報紙，就算看到一兩個單字，有時候也不用查，就猜得出在講什麼，不但不用查單字，反而直接學一些新單字。

　　當然，上面說的只是克服查單字的痛苦，省下一些查單字的時間，避免造成閱讀障礙或打斷閱讀流暢的問題點。不過我要強調，讀法律英文不是只讀一些法律英文單字，而是要把整個底子打起來，包括最基本的文法結構，和一些常用動詞。所以最好是好好精讀一本原文書，若整本書的單字都查了、文法都懂了，大概整個功力都上升了好幾層。

　　我建議，可以找一兩本英文書，重頭到尾念一遍。英文書隨便選一本，最好跟你專業有關，例如要考法研所就去讀一本英文的法律教科書。不必限定哪一本，但必須認真讀完一兩本，把一些基本文法、常用字詞，讀懂。

　　若是想學法律專業英文，則可以透過一些介紹法律專業英文的字彙的書籍，比較正確地先搞懂一些專有名詞。若想看有系統的中文版法律英文教科書，目前臺灣出版的有下述幾本教材

1. 大陸學者何家弘，「法律英語」，臺灣有出繁體版，蠻厚的。
2. 東吳大學法學院主編：「英美法常用名詞解析」，新學林出版。介紹各種法律專業名詞的書籍，對於那個專業字眼和制度背景，介紹得非常詳盡。
3. 陳忠誠，「法律英文閱讀」，五南圖書出版。
4. 吳嘉生，「法學英文精練」，新保成出版。

　　又或者有一個方法，就是去找一些中譯本，臺灣已經有翻譯好的，然後去圖書館借原文書，中英對照慢慢看。當然，這個方法會有點過度依賴中文，並不是一個好方法。但是可以透過這個方法，快速地學會一些常用的法律專有名詞。

二、搜尋期刊論文

要搜尋期刊論文，在美國有三個主要的資料庫可以使用，分別為 LexisNexis 資料庫、WestLaw 資料庫和 HeinOnline 資料庫，以下依序介紹。

（一）LexisNexis 資料庫

在臺灣，由於 Lexis 資料庫最早有業務代理打入臺灣各大學校園，因而，早期各校園最常使用的法律資料庫，就是「LexisNexis 資料庫」。

該資料庫可以查詢的範圍涵蓋有美國各法院判決文、聯邦法律條文、州法律條文、法律新聞、論文、期刊等，足以滿足法律研究者之使用，但是 LexisNexis 資料庫並不是免費系統，所以仍必須先購買資料庫，俟取得帳號密碼後，方能進行使用。

在 Lexis 資料庫上搜尋期刊論文，有二種方式。

1. 直接輸入文章代號

首先需介紹一個觀念，美國所有的法律文獻，都會有一個代號。每一期刊論文的代號，就是該「期刊、卷號、頁數的縮寫」。例如，William Fisher 的一篇文章「The Implications for Law of User Innovation」登在 Minnesota Law Review 第 94 期，且該文的第一頁在該期刊的第 1417 頁。通常，這篇文章被人引用時，會呈現為

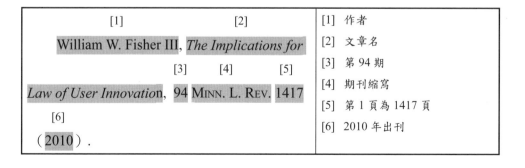

請注意，「94 Minn. L. Rev. 1417」就變成這篇文章的代號。94 代表的是第 94 期，Minn. L. Rev. 是 Minnesota Law Review 的簡寫，而 1417 則是這篇文章在第 94 期的第 1 頁為 1417 頁。

我們知道這篇文章的代號為「94 Minn. L. Rev. 1417」，在 Lexis 資料庫上查詢論文，只需要點選畫面最上方的「Get a Document」中，然後點選「citation」，將此一文章代號輸入，直接就可以取得這篇文章。

2. 利用關鍵字搜尋

如果對於一個未知的議題，並不知道有哪些相關文章，此時，可運用一般的關鍵字搜尋，進行搜尋。

在 Lexis 資料庫中，進入首頁畫面後，先點選「Secondary Legal」。所謂 secondary legal，是次級文獻。因為在美國，一手文獻指的是具體的法條與法院判決，而學者的分析文章，是二手文獻。

點入「Secondary Legal」，再找尋「Law Reviews, CLE, Legal Journals & Periodicals, Combined」並點選進入，最後則會呈現填寫關鍵字的「Search」頁面。

在關鍵字搜尋時，title（標題）打上 medical error 進行搜尋

搜尋期刊時，建議採用「Search」頁面底端之「Select a Segment」，以縮小搜尋範圍。在「Select a Segment」的選項中有作者（Author）、摘要（Summary）、關鍵字（Term）、出版社（Publication）、內文（Text）、文

章標題（Title）等。按筆者較為常用的是，先點選文章標題（Title），並在選取範圍的後方空格中填入欲搜尋的關鍵單字，並按下 Add 鍵。

有時候若搜尋結果出來有太多篇文章，則必須以關鍵字加以限縮，此時，除了在查詢標題（Title）關鍵字外，並可加上一個附帶的內文（Text）關鍵字，更具體的限縮搜尋的關鍵字。

有時，我也會加上時間限制，例如在時間限制上（Restrict by Date），勾選限制為二年內（previous 2 years）或五年內（previous 5 years）。這樣查詢出來的文章較新，通常對法律議題的討論，我們需要較新的文章，一方面能夠對既有的討論做完整的回顧，二方面也保持是對最新發展的探討介紹。

3. 電子檔下載

Lexis 資料庫的好處是，其提供論文的全文電子檔，並可提供下載。有了電子檔，查單字總是比較方便，這是 Lexis 的好處之一。不過，由於法學論文本來是以頁下註的形式出現，但轉成電子檔時，會將論文中的註腳，全部集中到文章最後面。其註腳與本文無法呈現於同頁，有時閱讀本文覺得某個註腳很重要，卻要翻到文章最後的附錄註腳去對照，再翻回本文繼續閱讀，不太方便。

（二）Westlaw 資料庫

Westlaw 資料庫跟 Lexis 資料庫其實非常類似，都提供期刊論文、註釋書、教科書、判決、法條的搜尋。一般我們最常使用其搜尋期刊論文和判決，也一樣提供期刊論文和判決全文的電子檔。其所收錄的期刊論文，和 Lexis 資料庫的期刊論文，大部分相同，少部分不同。有些期刊 Lexis 有收錄，Westlaw 沒收錄；有些期刊 Westlaw 有收錄，Lexis 沒收錄。

在電子檔呈現上，Weslaw 有一個優勢，其也是將論文轉換為電子檔。由於轉換為電子檔，所以文章的註腳無法以頁下註呈現，通通會放到文章最後面去。但是，在下載的論文電子檔中，Westlaw 保留了文章中註腳符號與

文章最後註腳的超連結，讓我們即使在閱讀下載的 word 檔時，讀到一個註腳，也可以輕鬆地點選註腳數字的超連結，就跳到後面的註腳看內容。看完後一樣點選註腳數字符號，即跳回本文繼續閱讀。

（三）HeinOnline 資料庫

HeinOnline 資料庫與上述二種資料庫不同之處，在於其所提供的論文，並非電子檔，而是「掃瞄檔」，亦即可以看到該篇論文的原始版面。

為什麼要看論文原始版面？因為有的時候論文中會出現圖表，但是前述 Lexis 和 Westlaw 資料庫因為只提供電子檔，並不一定會掃瞄該論文的圖表，因而無法看到論文中間穿插的原始圖表。此時，HeinOnline 資料庫能夠提供論文原始排版畫面（掃瞄檔），是其優勢。

另外，HeinOnline 資料庫有另一優勢，美國論文非常重視文獻引註，一篇期刊論文有 200 個引註是很正常的事。但其論文引註採取頁下註。由於前述 Lexis 和 Westlaw 資料庫將論文轉成電子檔，其註腳與本文無法呈現於同頁，有時閱讀本文覺得某個註腳很重要，卻要翻到文章最後的附錄註腳去對照，再翻回本文繼續閱讀，不太方便。因此，若英文夠好的人，通常會喜歡直接閱讀 HeinOnline 資料庫所提供的論文原始掃瞄檔，因為本文和註腳的原始排版在同一頁，方便掌握註腳資訊。

三、搜尋美國法條

（一）大陸法系立法方式

　　大陸法系國家的法規方式，大多採取一個法律為一個專門法的方式，而非按照領域分工。例如，日本傳染病防治法規，其就分為二個獨立法律「傳染病預防及傳染病患者醫療相關法律」及「檢疫法」去處理。甚至，過去日本針對傳染病的問題，曾分別規定在四個獨立的法，包括性病預防法、傳染病預防法、結核病預防法、後天性免疫不全症候群之預防相關法律。我國與日本一樣，對愛滋病採取獨立立法，在傳染病防治法之外，另外制定了人類免疫缺乏病毒傳染防治及感染者權益保障條例。

（二）美國法典編排方式

　　美國法典的編排方式，有其獨特的方式。一般或許以為，美國為不成文法國家，實際上美國當然是成文法國家，只是其沒有大陸法系般的「抽象立法技術」，其法條文字的長度往往超越大陸法系國家的法條長度，對一件事情的規範非常繁瑣而冗長。

1. 聯邦法律

　　美國法規有另一套特色，就是其不管是聯邦法還是州法，會將法律領域進行分類。例如，美國聯邦法就區分為 50 類，而分別有 50 本法典。每次國會通過修法後，國會圖書館會將所通過的法條，按照 50 個法領域，分別插入這 50 本法典中。且在放入法典時，會將通過的法條，按照法典自己的章節架構，安插到適當的章節條文中。所以，每一本法典，其條文可以達到上千條甚至上萬條，因為其是按照一套自己的架構安插每一次通過的法條。例如我自己常用的行政法在第 5 本，競爭法與商標法在第 15 本，著作權法在第 17 本，專利法在第 35 本。

　　一般來說，美國的法條文字太長，因為他們沒有大陸法系抽象式立法的

技術。同一件事，如果臺灣規定需要 10 個法條，在美國也許同樣是 10 個法條，但法條的長度，應該會比臺灣長五倍以上。

2. 聯邦行政命令

不只是聯邦法律層級會如此整理通過的法律，在聯邦行政命令層級，也一樣會將所有的行政命令，區分為 50 個領域，故聯邦的行政命令，最後也會編入 50 本大本的行政命令大全。且編入時條文均會重新安排，按照該本的架構插入適當的位置。

3. 各州州法

美國各州的州法也是採取類似的技術，將州法的領域區分為不同的領域（例如假設 100 個領域），每一次通過不同的州法，也會將這些州法安插到 100 本州法法典中。而公共衛生法規，在美國主要屬於州的權限，州法中一定有一本是關於醫療法規或衛生法規。

例如，我曾經為了研究美國各州的愛滋病法規，鎖定幾個州進行研究，例如紐約州、密西根州、馬里蘭州、路易斯安納州等。我們發現，愛滋病的特殊規定，皆是放在傳染病相關條文之後。某程度上，可以說傳染病法規與愛滋病法規已經整合，但實際上，應該說美國各州所有的公共衛生法規，都會按照架構整合進一部大的公共衛生州法典中。所以看起來，各州將愛滋病法與傳染病法合併為同一部法典中，並不足為奇。

（三）抓取條文原文

研究大陸法系國家（如日本、德國、臺灣）某一部法時，我們可能會直接列印全部的法條，最多就是二十頁。但是，若要研究美國某一部法，通常不太可能自己直接去搜尋美國的某一部法。如果去抓某一部法，可能其頁數會達上千頁，也不知從何看起。

所以，閱讀美國法條，不會一次去找全部的條文，而一次只會找某一

個條文。如果從其他文獻上，已經知道了某一個條文的條號（例如 35 U.S.C. 141）。只要知道條文代號，查詢聯邦法律，不一定要上資料庫，直接在 google 打上條號，就可以出現那個法條（通常會出現 cornell 大學提供的法律查詢服務上的法條）。

如果是用 Lexis 資料庫查，可以直接點選畫面上面的「Get a Document」，然後再進入「citation」。美國的條號，例如 35 U.S.C. 141，就代表這個條文的代號，直接在 Get a Document 輸入該條文代號，可快速找到這個條文的內容。

如果是研究聯邦行政命令、或各州的州法，上 google 不一定能查得到，此時就還是要使用資料庫去查詢。但注意，我們之所以會知道這個條文的存在，通常是在看其他文獻時看到的，所以我們只要將該文獻中對該條文的代號記下，輸入 Lexis 資料庫中的 Get a Document 欄位，就可以取得該條文內容。

四、搜尋美國判決

（一）判決名稱與代號

美國的判決名稱，通常都會以「誰 vs 誰」作爲其判決名稱，亦即「原告 v. 被告」或「上訴人 v. 被上訴人」作爲其判決名稱。如同期刊論文一樣，判決也會有一個代號，相當於我們的判決字號。這個判決字號的組成，與臺灣判決字號的方式不同。美國判決字號背後的邏輯，乃是其會將所有判決，影印出版爲判決公報。因此，其呈現的判決字號的方式，乃是告訴你這篇判決，登載哪一系列的判決公報第幾期和第幾頁。

例如，2013 年美國最高法院的 Ass'n for Molecular Pathology v. Myriad Genetics, Inc. 案，其正式的引用方式，呈現如下：

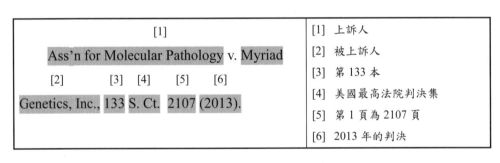

Ass'n for Molecular Pathology 就是上訴人，Myriad Genetics, Inc. 是被上訴人。而 S. Ct. 代表美國聯邦最高法院的判決公報，在第 133 本，而 2107 代表在該判決在第 133 本的第 1 頁就是 2107 頁。

（二）判決代號查詢

而在上述說明中，這個判決的代號就是「133 S. Ct. 2107」這個符號。只要知道這個判決的代號，一樣用 Lexis 資料庫上「Get a Document」的「Citation」上，輸入判決字號，就可直接查到這個判決。

　　美國由於判決太多，一般在搜尋美國判決，不太可能是用關鍵字進行搜尋。通常我們都是在其他文獻的介紹下，得知一個判決，並且知道其判決代號。再將判決代號輸入於資料庫，直接取得該判決全文。

第七章　文獻閱讀與整理

一、閱讀文獻同時做摘要

　　寫論文時，看了很多資料，卻不知從何下筆。當主題確定時，我會建議，你所看的任何資料，一邊看，就要一邊劃重點、做筆記。甚至，可以的話，也同時直接將你閱讀到的東西，直接打入電腦中，成為你的「有用的片段」。

（一）記得劃重點

　　由於念法律需要閱讀大量文獻，而且每一篇文獻又很長。雖然好不容易讀完一篇文獻覺得很有成就感，收穫豐富，但事後真正要著手寫論文想引用這篇文獻時，卻往往不知道重點在哪裡，又必須重頭閱讀一次。

　　因此建議你，在文章中看到任何一段你認為有意思的論點，或者可以用到的論點，就記得在文章上劃重點。劃重點的好處，是怕之後要開始寫論文時，明明記得某學者的一篇文章探討過這件事，但又不確定在第幾頁，導致要引用時，必須重念一次，才能找到引用的頁數。

（二）用電腦做筆記、摘要

　　如果你已經確認了論文題目，而正在閱讀相關文獻。那麼我會建議，你所閱讀的任何相關文獻，一邊讀，就可以一邊做筆記。而且，現代人既然都會用電腦，那麼這個筆記，最好直接在電腦檔案（word 檔）上製作。也就是說，你每看一篇文獻，就把你認為有用的部分，就同時打在電腦中。這些有用的部分，就成為「有用的片段」。

當然，你所打的片段，並非就是你未來論文的內容。只是這些你整理文獻中所讀到的重點，整理在檔案中，之後你真正在寫論文時，就可以將可以「有用的片段」，拿來進行組織、改寫。這樣子會對後續處理論文時，加快寫作速度。

（三）同時加註腳

在電腦檔案上打下這些「有用的片段」時，千萬記得，要同時加上註腳。因為法律的研究，非常重視註腳對文獻的引用，而且引用中，很重視此論點，來自所參考文獻的第幾頁。如果在做重點摘要時，可以同時加上適當的註腳，就可以省去之後拿這些有用片段改寫時，重新查核原文頁數的時間。

若你在用電腦做摘要時，沒有打上引用註腳，未來要將這些有用片段整理、改寫成論文時，因為當初沒有明確寫下這些片段來自文獻的第幾頁，則還要重新查核文獻，去查詢該片段所出自的頁數，這樣將非常浪費時間。

註腳的格式，倒不必如正式論文一般都符合規定。但基本上，如果可以將文獻的資訊現在就先完整寫下來，未來在使用這些片段時，就不需要重頭找註腳文獻缺漏的資訊。

這裡稍微說明一下，後續介紹論文引註格式規則時，會說明只有在文獻第一次出現時，要呈現完整資訊，後續出現時，只需要寫「同上註，頁 60」或「林子儀，前揭註 15，頁 61」等省略引註。但是，由於現在只是在做筆記、摘要，並不是在最後的定稿，所以建議在摘要時的註腳資訊，不要全使用這種「省略引註」。若在摘要時就使用這種「省略引註」，未來將這些摘要下來「有用的片段」進行修改時，會發現註腳資訊太過省略，而需要花時間重新查核註腳資訊。

因此，在摘要階段，引註文獻資訊，盡量用「複製功能」，將註腳完整一點的資訊，重複貼上。寧可一開始就盡量在註腳保留文獻完整資訊，之後

修改論文時再改成「省略引註」；而不要一開始摘要就用省略引註，之後修改論文時卻可能忘了原始的完整資訊。最怕的就是某一段話，註腳寫了「同上註，頁8」，但經過改寫、調整段落後，卻不曉得到底這一段的同上註，指的是哪一篇文獻。

（四）重要文獻全篇摘要

對於你所想要研究的主題，找到非常切題的一篇中文文獻或英文文獻，你可以這篇文章為主軸，詳細閱讀，並逐段整理摘要出來。但請注意，在後面我們提到，註腳的要求，至少一段一註腳。你的論文中也許在某一章節，會大量參考同一篇文獻，甚至好幾頁都參考同一篇文獻，但你至少必須每一段，都下一個註腳。

所以建議同學，在整理文獻時，每整理了一段，都隨時加上文獻的註腳，而且一定要有頁數。例如你連續整理同一篇文章，整理成 50 段中文，你就應該下 50 個註腳，分別標示這 50 段引自同一篇文章不同的頁數。

例．

　　第一段第一段第一段第一段第一段第一段第一段第一段第一段第一段第一段第一段第一段第一段第一段第一段第一段第一段 **1**。

　　第二段第二段第二段第二段第二段第二段第二段第二段第二段第二段第二段第二段第二段第二段第二段第二段第二段第二段 **2**。

　　第三段第三段第三段第三段第三段第三段第三段第三段第三段第三段第三段第三段第三段第三段第三段第三段第三段第三段 **3**。

　　第四段第四段第四段第四段第四段第四段第四段第四段第四段第四段第四段第四段第四段第四段第四段第四段第四段第四段 **4**。

　　第五段第五段第五段第五段第五段第五段第五段第五段第五段第五段第五段第五段第五段第五段第五段第五段第五段第五段 **5**。

---

1 林子儀，言論自由與新聞自由，頁 58。
2 林子儀，言論自由與新聞自由，頁 59。
3 林子儀，言論自由與新聞自由，頁 60。
4 林子儀，言論自由與新聞自由，頁 61。
5 林子儀，言論自由與新聞自由，頁 62。

　　在初稿的這 50 段的註腳，可以只先寫「作者、頁數」就好，提醒自己是哪篇作者的文章，以及哪一頁（**哪一頁非常重要**）。至於真正完整的格式，等到論文寫作後期，再按照下述介紹論文引註格式規則，去調整你原始的初稿。

（五）組織片段

　　上述在閱讀不同文獻時，同時整理出來的筆記與註腳，都成為「有用的

片段」。這些有用的片段，可以一邊閱讀，一邊整理。尤其當讀完第二篇、第三篇文獻整理了一些片段，都可以同時、慢慢組織進你的初稿筆記中。

　　例如，前面所舉的例子，你讀了一篇非常重要的關鍵文獻，所以整理了50 個片段。繼續閱讀不同文獻後，第二篇文獻探討到相關的議題，你也會整理進來。此時，你原本的 50 段文字，就開始擴增，慢慢增加到 70 段。看了第三篇文獻後，又繼續擴增到 90 段。但是，這三篇文獻所整理的內容，相同議題要按照邏輯順序放在一起，因此你最初整理的 50 段早已經被打散。

　　若你最初整理這 50 段時，沒有為每一段下一個註腳或頁數。如果此時還要回去查原始文獻的頁數，等於重新閱讀這篇文章，會很浪費時間。或者，你一開始第一篇文獻都使用「同上註，頁 60」。原本每一段的同上註都是同一篇文獻，但這些片段插入其他文獻後，「同上註」卻跑掉了，可能同上註的文獻卻不是原本同一篇文獻。

二、錯誤的方式

（一）論文全文翻譯

上述提到，當找到一篇相關主題非常有用的一篇文獻，我們可以全文摘要整理。但對於這種全文摘要，同學很容易演變為，在做全文抄襲或全文翻譯。尤其是在閱讀英文文獻時，很多同學都在做翻譯。

由於對國外的法案、判決的介紹，同學可能不知該如何介紹，因此可能將找到的一篇很完整的外文論文，就進行「全文翻譯」。因為該篇外國論文，已經對該國外法案爭議、判決重點，都做了清楚介紹。如此，同學可能心想，只要把這篇介紹性的文獻全文翻譯，不就等於也介紹了這個國外法律爭議的討論。

但是，這樣的翻譯結果，會使得你的中文論文，讀起來非常不通順。又或者，有時候其翻譯的內容，有一些部分對臺灣來說實在沒有參考價值，但卻因為同學不懂得取捨，全文翻譯，導致翻譯了許多不需要介紹的細節、廢話。

我們對某國外法律議題的研究，可以透過國外的學術文獻，了解其內涵。而且我們在寫自己的論文時，可以參考這篇國外文獻的討論順序、架構，或者逐段整理這篇文獻中的一些討論。但我所使用的是「參考其架構」、「整理其討論」，而不是在做「全文翻譯」。

若是做全文翻譯，就不是自己寫的論文。而且在做翻譯時，由於太強調原本的文法和句子所使用的字眼，導致寫出來的中文，會很不通順。而且其註腳，又全部都是剪貼來的，看來也容易令人懷疑：「你真的看了這麼多外文的文獻而寫出這些外文的註腳嗎？」

（二）剪貼他人外文註腳

有的學生不但全文翻譯一篇國外文獻，甚至，也把整篇國外文獻的註

腳，都當成自己的註腳。例如，該篇國外文獻介紹美國法院判決時，引用判決的各種頁數、註解，同學在翻譯這篇國外論文時，也把這篇論文所引用的判決註腳，直接當成自己的判決註腳。或者，這篇論文在整理學說見解時，引用了大量的其他學者的文獻。而同學在做翻譯時，就把其所引用的其他學者的文獻，都剪貼過來。

這樣做的目的，是想讓人以為，這些國外的判決都是自己看的，或者所引用的國外學者的文獻，都是自己看的。殊不知，他其實從頭到尾只「翻譯了」一篇外文期刊論文而已。

這樣的做法，嚴重違反了學術倫理。

其實不只是學生會如此，某些老師也會如此。或者是，老師雖然希望學生多看外文資料，但是學生表示有困難，看一篇就要看二個月。老師理解學生沒辦法多看資料的情況下，只好指示或默許學生：「那就只要把某篇論文全文翻譯吧！」並把翻譯的東西當成論文的某一章。這樣的做法，是不得已的，因為沒辦法看多篇論文，故只能看一篇，並將之全文翻譯。但因為又剪貼註腳，想讓人誤以為其實自己看了多篇論文。

但真的碰到內行的人，一看就知道你是在做翻譯，再剪貼註腳。這樣寫出來的論文，只能騙外行人。身為老師的我們，指導到看一篇論文就要看二個月的同學，也只能默許他們「仔細整理」一篇論文，但絕不應該容許「全文翻譯」一篇論文並「剪貼註腳」的行為。

三、透過文獻進一步找原始資料

研讀文獻只是第一步。法律的研究，跟許多其他學科研究不同，很重要的是法條、判決、官方資料的研究。這些法條、判決、官方資料，就是我們所謂的一手文獻。但閱讀學術文獻（二手文獻），是幫我們掌握一手文獻。但絕不可只仰賴二手文獻，而不自己去看一手文獻。

（一）只看學術期刊（二手文獻）

在美國的法律文獻中，會區分所謂的一手文獻與二手文獻（secondary legal）。這跟我們在法學緒論課本中的「法源」講的一樣，「直接法源」，指的是法律、判決等；而學者的論述，包括期刊論文、專書、課本，只是「間接法源」。因此，對法律的研究，不能只看間接法源，必須要看直接法源。

而在外國法的研究上，更是如此。很多同學認為，研究國外法，只要透過閱讀國外的期刊論文，作為唯一的參考根據即可。例如，一篇美國的期刊論文，內容介紹了美國的法條及判決。而學生在寫論文時，可能只看了這篇期刊論文，就在自己的論文中，開始介紹美國的法條及判決。亦即，自己沒有真的去看過該條文和判決，只仰賴期刊論文的間接介紹。

負責任的做法，應該自己再把美國的法條、判決的原始文獻，也就是直接法源，找出來看。通常法律外文資料庫中，都可以直接透過連結的點擊，就可以連結到該法條的原文，或者該判決的原文。而負責任的研究，除了先透過期刊論文，對該外國法的判決或法案有一初步認識，若要在論文中介紹該判決或法案，還是應該自己進一步去看判決原文與法案。這樣才是紮實的研究。

其實不只是研究生容易犯這樣的錯誤，部分學校的老師，可能也會犯這個錯誤。畢竟，當在論文後面要求列出參考文獻時，我們都希望外文的參考文獻可以列多一些。而花時間去看外國的法條原文和外國的判決原文，沒辦

法將這些法條、判決當成參考文獻。與其花時間去看一篇判決原文，有些老師或許認為，還不如多去看一篇期刊論文，最後在列參考文獻時，可多列一篇學術參考文獻。

而且，因為不同的期刊論文會有學者的不同觀點，與其只看一個判決的細節或法條的細節，老師也許認為，想多知道不同學者所提出的不同觀點，將他人的研究心得，轉化為自己的觀點，這樣寫出來的東西會讓他人覺得內容充滿不同觀點的討論。這就是為何，部分老師寧可只看期刊論文，而不肯閱讀直接法源（外國法條或外國判決）。

但這樣的研究，屬於不紮實的研究。法律的研究與探討中，最重要的法源，還是直接法源，而對外國法的研究，也是如此。雖然我們承認，學者的學說與見解，非常重要，但是，其學說與見解的討論基礎，是站在外國法或判決之上，若自己都沒有看過外國法條或外國判決，如何驗證這樣的學說或觀點是否正確。

（二）進一步找出法條與判決

偶爾有同學問我：「老師，你怎麼知道美國的這個判決很重要？」「判決這麼多，我怎麼知道那個判決具有代表性？」對於這個問題，由於我們不熟悉外文判決，讀一份判決可能就要花去很多天，所以，的確沒有辦法像讀中文判決一樣，每一個判決都一一閱讀，自己找出重要的判決。

如何找到國外具有代表性的重要判決？通常，這還是必須透過學術文獻的閱讀，在學術文獻的帶領下，我們才可能知道國外哪些判決，是「重要的」、「有代表性的」。

同樣地，對於一個議題，要如何知道國外與這個議題有關的法條，到底在哪裡？例如，我在研究美國法時，對於某一議題，我往往不知道，與這個議題有關的法律，到底是屬於州法的規定？還是屬於聯邦法的規定？若是屬於聯邦法的規定，或許我還大概知道美國聯邦法分為 50 個領域，我自己可以

嘗試找找看。但若屬於州法的規定，我怎麼可能知道美國 50 個州的州法各規定什麼？而這個議題的相關法律到底在個別州的州法的哪裡？所以，要掌握外國的法律，仍然需要透過學術文獻的帶領，讓我們知道重要的法律規定的位置。

不過要注意的是，有的時候，學者的文獻介紹某一法律時，只介紹其內容的重點，並沒有貼出條文的全文。甚至，到底在法條的第幾條，本文的討論中也看不到。此時，就一定要注意該文獻註腳的內容。該文獻的註腳，會把該法條的條號位置告訴你，甚至也會告訴你條文的原文內容。

四、閱讀中文判決

　　上述提到，若是對於某一主題，要進行大量的判決蒐集，那麼，該如何快速地閱讀臺灣的本土判決呢？在此，我不得不指出，臺灣的法學教育，在大學階段，似乎沒有特別一門課，會教導同學閱讀判決。因此，許多大學畢業生，對於臺灣的法院判決，剛接觸時，掌握不到閱讀心法，往往讀來覺得痛苦，或者讀不到重點。

　　對於從事法律實務工作者來說，一旦接觸實務工作，自然就會接觸判決，縱使覺得臺灣的判決的確不好讀，但久而久之也就習慣了。但是，老實說，臺灣的判決書寫作順序與格式，真的很不「親民」。因此，以下我還是花點篇幅，介紹一下臺灣判決書撰寫的特色。

　　我先說我熟悉的美國判決書的寫作特色。美國的判決，會先介紹「本案事實與發展」，在本案案情的事實與發展，法院會把所有已經「釐清」的事實，寫一個完整的故事。其中，在介紹故事時，法官會給原告和被告一個「容易記住的簡稱」，例如他的姓名的「姓」或公司的簡稱，但不會用「原告」、「被告」等稱呼這個人。然後，事實介紹完，就進入法律的討論。在法律的討論上，法官好像在寫一篇學術論文，會將這個案情的各種問題，冠上各種大小標題，進行有層次的分析。而在每一個分析的小議題中，就會稍微帶入原被告對這個小議題的主張，以及法官對這個小議題的看法。

美國判決書格式

原告姓名 v. 被告姓名

Background（案情背景）　　　　　　　　　把法院審理過後所釐清或
　　　　　　　　　　　　　　　　　　　　認定的事實，清楚地講一
Discussion（討論）　　　　　　　　　　　遍，以作為後續法律討論
I. Standard of Review（本案判決所適用之法律　的基礎背景
　 或重要判例所發展出之標準）
II. 以下，各個法律爭點的討論

聽起來這樣的寫法好像很理所當然？

臺灣的判決書的撰寫，有一個特色，就是在判決中，會先貼出「原告怎麼說」，然後再貼出「被告怎麼說」，最後才出現「法官怎麼說」。而「原告主張」和「被告主張」部分，法官習慣向律師索取書狀檔案，然後就剪貼到自己的判決書中。因此，判決書中的「原告主張」和「被告主張」，非常冗長，而未經過整理。

這樣剪貼出的「原告主張」、「被告主張」，會把各方認為的事實，都提出一次，然後各方認為的法律見解，也都提出一次。因此，對讀者來說，讀起來很奇怪，同一個案情事實，在閱讀判決時，看了三次。而對於案情的法律爭議的深入討論，也在判決中，出現了三次。

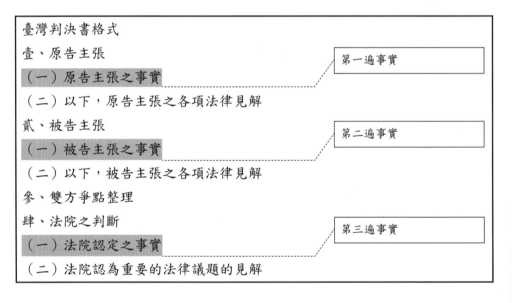

曾經發生過，某些不認真的同學，在閱讀判決時，由於判決書太長，來不及讀完，就把判決書中隨意看到的「案情事實」與「法律爭議的討論」，拿出來在課堂上報告。但報告完後，我告訴這位同學，你剛剛報告的，都是「被告講的案情事實」和「被告所提出的法律分析」，但不是法官講的。但

同學會發生這種窘況，除了怪同學不認真，也要怪我們臺灣的法官在判決書中，把「原告主張」和「被告主張」都貼得太長了，長到讓學生以為自己在辛苦讀了十頁之後，終於已經讀到法官的見解了（事實上還在後面）。

　　一審判決還好。若是二審的上訴法院，法院習慣先貼「上訴人主張」，再貼「被上訴人主張」。但是，本案的上訴人，可能是「原審被告」，被上訴人是「原告」。在讀這份判決時，一開始，都還不知道這個案件的原告是誰？為了什麼來告？告訴的主張又是如何？就看到法官貼出「上訴人（被告）主張」。而上訴人（被告）的主張，往往就是對原告主張的各項答辯，或是對原審判決見解的批評。但對一個讀者來說，根本還不知道案情背景、原告是誰、原告所提出的法律主張為何、原審到底判的是什麼？就先看到「上訴人（被告）主張」，通常都看得一頭霧水。

臺灣判決書格式
壹、上訴人（被告）主張
（一）上訴人主張之事實
（二）以下，上訴人主張之各項法律見解

> 根本還不知道原告是誰，為什麼來告，到底告的是什麼，就開始看被告對原告的各項答辯

貳、被上訴人（原告）主張
（一）被上訴人主張之事實
（二）以下，被上訴人主張之各項法律見解
參、雙方爭點整理
肆、法院之判斷
（一）法院認定之事實
（二）法院認為重要的法律議題的見解

　　所以，這就是臺灣判決書很奇怪的一個特色。亦即，其不把重要的事實，尤其是法官已經釐清的事實，先在判決書中寫清楚，就直接貼「原告主張」、「上訴人主張」，這樣的寫法，非常「不親民」。

　　另外，臺灣的判決還有一特色，就是喜歡使用「代名詞」。過去，法院不願在判決書中揭露當事人姓名，所以會使用甲○○、乙○○以取代真人姓名。但實際上，後續判決討論中，卻不一定稱呼甲○○、乙○○，而喜歡稱呼「原告」、「被告」、「上訴人」、「被上訴人」。由於法官喜歡使用這種「代名詞」，所以，同學在閱讀判決書的最前面，一定要看清楚原告是誰、被告是誰、上訴人是誰、被上訴人是誰。如果一開始沒記住，到後來看到判決的討論，只看到法官寫「上訴人主張如何如何、被上訴人又主張如何如何」，早已經搞不清楚誰是誰了。

　　由於上述臺灣判決的這種奇怪特色，若我們是要對臺灣判決，採取第四章所介紹的「對某一議題蒐集所有臺灣判決」的研究方法，因為必須在資料庫中蒐集大量判決，且必須閱讀大量判決，如果一開始不知道臺灣判決的這種特色，每一份讀起來都會浪費不少時間。

　　因而，我提出一個簡單的建議，在閱讀臺灣判決時，一開始先看清楚「原告」、「被告」、「上訴人」、「被上訴人」是誰，之後，可以跳過「一、原告主張」、「二、被告主張」、「三、爭點整理」，直接進入「四、本院認定與見解」。這樣或許可以節省時間，快速掌握法院的重要見解。

五、閱讀英文論文

（一）先閱讀前言或目錄

在使用美國法律資料庫查詢期刊論文，會發現簡單的一個關鍵字進行查詢，可能就會出現超過 30 篇的論文。而光看論文的英文標題，似乎又不確定是否與自己想研究的內容有關。但是，每一篇文章若都花時間去看，由於英文看得慢，如果看了很久才發現這個討論方向不是自己想要的，則虛耗了很多時間。

在美國法律資料庫中的英文論文，有些文章有摘要（abstract），有些並無摘要。若有摘要，建議可先閱讀該論文摘要，透過簡短摘要，得知該篇論文討論方向，是否符合自己所需。

若該論文無摘要，則可閱讀「I. Introduction」，亦即該論文的前言。美國法律論文嚴格要求，所有論文前言，一定要清楚交代該論文後續討論的順序。甚至，許多美國法律論文，在前言中，都已經把自己最重要的主張或結論講出來，而後續的討論，只是要證明或支持他的主張。因此，看了前言，也大概可以知道這篇文章的論述方向與重點。

除了前言之外，也可以快速瀏覽一下該文的目錄（content）。透過目錄，掌握整篇文章各章節談些什麼，尤其偏重什麼重點。透過目錄，也可以快速掌握這篇文章所討論的方向，是否是你想要的。既然看了目錄，可以的話，也可以看一下結論（conclusion）。看結論可以大致看出，這篇文章所提出的結論，是否符合你的胃口。

透過閱讀摘要、前言、目錄、結論，可快速將以關鍵字搜尋所挑選出來的論文，進行刪選[1]。根據我的個人經驗，有時候對一個國外議題的探討，

---

[1] Elizabeth Fajans & Mary R. Falk, Scholarly Writing For Law Student 59-60 (4th, 2011).

在進行初步搜尋時，若能搜尋到一個「非常符合主題」或「非常符合自己需求」的文章，其實精讀那一篇文章，對相關議題的掌握，也就夠了。原因在於，美國論文非常強調文獻引用，任何一篇對的文章，就已經幫你把所有相關敘述或學說、判決等，整理得很清楚了。當然，前提在於，這篇文章必須是五年內的文章。

（二）閱讀本文與對照註腳

英文論文中，包括本文（text）與註腳（foodnote）。一般人初步閱讀，都是閱讀本文，但因為我們除了閱讀本文查知作者本身的見解之外，我們也希望知道作者所引述的資料，或介紹的他人見解，出自何處。所以，閱讀英文論文，除了閱讀本文，還要閱讀註腳。

以下，先貼上 Lexis 資料庫，抓下來的論文格式，然後再做一些閱讀技巧的說明。

1 of 1 DOCUMENT

Copyright (c) 2011 San Diego Law Review Association | 2011 年刊登

San Diego Law Review

May / June 2011

San Diego Law Review | 本篇文章的代號

48 San Diego L. Rev. 677

LENGTH: 17706 words

COMMENT: Closing One Loophole and Opening Another: Why § 271(f) **Patent Infringement** Should Apply to Method Patents AfterCardiac Pacemakers | 文章名稱

NAME: MICHAEL SILHASEK* | 作者

TEXT: .... 本章本文

[*678] .... 頁數

I. Introduction

A United States patent holder has likely spent significant time and resources in the invention's creation and prosecution through the United States Patent and Trademark Office (USPTO). n1 The patentee
must also continue to spend further resources on
monitoring domestic infringement n2 and has the .... 註腳 2
right to exclude others from making, using, or selling
the invention. n3 In the event another does make, use, ... 註腳 3
or sell the invention without authorization, the owner
is also entitled to a civil remedy. n4 .... 註腳 4

註腳 1

…… （略）

FOOTNOTES: .... 文章最後面的註腳附錄

n1. In addition to the cost of discovering the unique invention, attorney's fees to prosecute the patent alone can cost between $ 5000 and $ 15,000. See Gene Quinn, The Cost of Obtaining a Patent in the US, IPWatchdog (Jan. 28, 2011, 1:14 PM), http://ipwatchdog.com/2011/01/28/the-cost-of-
obtaining-patent/. .... 註腳 1 的內容

n2. An interesting alternative is patent litigation insurance, in which, as the name suggests, the patentee pays a yearly fee for protection in case of future infringement. See generally J. Rodrigo Fuentes, Note, Patent Insurance: Towards a More Affordable, Mandatory Scheme?, *10 Colum.
Sci. & Tech. L. Rev. 267 (2009)* (focusing on the .... 期刊論文的引用法
insurance aspect of managing patent litigation risk).

n3. A patent does not give its owner the right to actually practice the invention because doing so could be illegal or infringe another patent. See *Leatherman Tool Grp. Inc. v. Cooper Indus., Inc., 131 F.3d 1011, 1015 (Fed. Cir. 1997)* *(citing Bloomer v. McQuewan, 55 U.S. (14 How.) 539, 548-49 (1852))*.

判決的引用法

　　n4. 35 U.S.C. § 281 (2006).

條文的引用法

1. 頁數符號

　　由於我們下載的文章並非論文原始排版畫面，而是經過資料庫處理過後的電子檔（word 檔）。因此，其與原始論文畫面有所不同。裡面有一些特別須提醒的。在一篇論文電子檔中，不斷會出現 [*678]、[*679]、[*680]……這樣的符號。這個符號代表的意思，就是其對照到原始期刊論文排版檔的第幾頁。由於文章已經轉成電子檔，不容易知道在原始期刊的第幾頁，所以 Lexis 在轉換成的電子檔文章中，以這些符號，提醒讀者已經換頁了。

　　為何一定要提醒讀者已經換頁了？因為在美國論文的引用上，不能僅引用一篇文章，而一定要引用的是這篇文章的第幾頁。所以，在電子檔中提醒讀者文章已經換到原文第幾頁，非常重要。

2. 註腳符號

　　另外還有一個符號，就是本文中句子號面偶爾會出現的 n1、n2、n3 、n4……這個符號。這個符號其實代表註腳數字，就是告訴你在原文中這邊有一個註腳，至於註腳的內容，必須翻到電子檔文章最後面附錄的註腳數字符號對應的內容。

六、閱讀英文判決

由於資料庫所查到的判決，也可下載電子檔。故下載的電子檔，與原判決書的排版也會有所不同。

以下，我就以 2013 年美國最高法院的 Ass'n for Molecular Pathology v. Myriad Genetics, Inc. 案的電子檔，作為示範說明。

（一）判決的頁數問題

在 Ass'n for Molecular Pathology v. Myriad Genetics, Inc. 案這篇判決的電子檔中，至少出現了三種頁數。

第一種是 133 S. Ct. 2107 這個系列的頁數。而在判決電子檔中，會出現 [*2109]、[*2110]、[*2111]、[*2112]……等等帶有「*」（一顆星）的頁數。

第二種是 186 L. Ed. 2d 124 這個系列的頁數。而在判決電子檔中，會出現 [**124]、[**125] 、[**126]、[**127]、[**128]、[**129]……等等帶有「**」（二顆星）的頁數。

第三種是 Lexis 資料庫自己排版的頁數，也就是 2013 U.S. LEXIS 4540 這個系列的頁數。而在判決電子檔中，會出現 [***1]、[***2]、[***3]、[***4]、[***5]……等等帶有「***」（三顆星）的頁數。

之所以會有這麼多不同系列的頁數，必須先說明，美國法律圈引用資料非常重視「第幾頁」。而判決一定會登載某一種原始的公報上，但由於登載的地方不同，所以會有不同系列的頁數。

通常一篇判決剛判決出來時，還不會馬上印在判決公報上，但是資料庫業者如 Lexis 和 Westlaw 會立刻提出自己的排版，但也因而需要替自己排版的判決給一個頁數，所以這個頁數通常會從第 1 頁開始跑。而在引用美國最高法院判決時，最常引用的是二種系列的頁數，一種就是前面提到的「133 S. Ct. 2107」這種系列的頁數。但這往往也是因為該判決才剛判出來不到五年，

正式的官方判決集還沒印出來，所以用這種頁數暫代。等到更正式的另一個系列出來，會有另一種頁數，長得像「553 U.S. 617」。

例如，2008 年美國最高法院判決的臺灣公司廣達涉入的 Quanta Computer, Inc. v. LG Elecs., Inc. 案，其最正式的判決頁數已經出來，為「553 U.S. 617」，而第二種頁數為「128 S. Ct. 2109」。

說了這麼多頁數，想要提醒讀者的是，在閱讀判決電子檔時，電子檔中常常會突然冒出 [*2111]、[***6] 這類的符號。看到這種符號就知道是代表不同系列的頁數。

ASSOCIATION FOR MOLECULAR PATHOLOGY, et al., Petitioners v. MYRIAD GENETICS, INC., et al.　上訴人 / 被上訴人

No. 12-398

SUPREME COURT OF THE UNITED STATES　美國聯邦最高法院

133 S. Ct. 2107; 186 L. Ed. 2d 124; 2013 U.S. LEXIS 4540; 106 U.S.P.Q.2D (BNA) 1972; 24 Fla. L. Weekly Fed. S 276　第一種系列 / 第二種系列 / 第三種系列

April 15, 2013, Argued
June 13, 2013, Decided　判決日期

NOTICE:

The LEXIS pagination of this document is subject to change pending release of the final published version.

PRIOR HISTORY: [***1]　前案歷史、第二審判決 第三種系列頁數 1

ON WRIT OF CERTIORARI TO THE UNITED STATES COURT OF APPEALS FOR THE FEDERAL

CIRCUIT

Ass'n for Molecular Pathology v. United States PTO, 689 F.3d 1303, 2012 U.S. App. LEXIS 17679 (Fed. Cir., 2012)

DISPOSITION: *689 F. 3d 1303,* affirmed in part and reversed in part.

JUDGES: [**128] Thomas, J., delivered the opinion of the Court, in which Roberts, C. J., and Kennedy, Ginsburg, Breyer, Alito, Sotomayor, and Kagan, JJ., joined, and in which Scalia, J., joined in part. Scalia, J., filed an opinion concurring in part and concurring in the judgment.

> 第二種系列的頁數

OPINION BY: Thomas

> 主筆多數意見的大法官

OPINION

JUSTICE Thomas delivered the opinion of the Court.

Respondent Myriad Genetics, Inc. (Myriad), discovered the precise location and [*2111] sequence of two human genes, mutations of which can substantially increase [***6] the risks of breast and ovarian cancer. Myriad obtained a number of patents based upon its discovery. This case involves claims from three of them and requires us to resolve whether a naturally occurring segment of deoxyribonucleic acid (DNA) is patent eligible under 35 U. S. C. §101 by virtue of its isolation from the rest of the human

> 第一種系列判決頁數

genome. We also address the patent eligibility of synthetically created DNA known as complementary DNA (cDNA), which contains the same protein-coding information found in a segment of natural DNA but omits portions within the DNA segment that do not code for proteins. For the reasons that follow, we hold that [**LEdHR1] [1] a naturally occurring DNA segment is a product of nature and not patent eligible merely because it has been isolated, but that cDNA is patent eligible because it is not naturally occurring. We, therefore, affirm in part and reverse in part the decision of the United States Court of Appeals for the Federal Circuit.

> 資料庫所加註判決重點標示

I

A

> 判決中一樣有標題層次

Genes form the basis for hereditary traits in living organisms. See generally *Association for Molecular Pathology v. United States Patent and Trademark Office, 702 F. Supp. 2d 181, 192-211 (SDNY 2010)*. The human genome consists of approximately [***7] 22,000 genes packed into 23 pairs of chromosomes. Each gene is encoded as DNA, which takes the shape of the familiar "double helix" that Doctors James Watson and Francis Crick first described in 1953. Each "cross-bar" in the DNA helix consists of two chemically joined nucleotides. The possible nucleotides are adenine (A), thymine (T), cytosine (C), and guanine (G), each of which binds naturally with another nucleotide: A pairs with T; C pairs with

> 在判決行文中突然引用其他判決，通常以斜體顯示

G. The nucleotide cross-bars are chemically connected to a sugar-phosphate backbone that forms the outside framework of the DNA helix. Sequences of DNA nucleotides contain the information necessary to create strings of amino acids, which in turn are used in the body to build proteins. Only some DNA nucleotides, however, code for amino acids; these nucleotides are known as "exons." Nucleotides that do not code for amino acids, in contrast, are known as "introns."

（二）判決中引用其他判決

另一個閱讀美國判決電子檔要留意的是，美國判決中常常會引用過去的判決。不過與期刊論文不一樣的地方，美國判決中比較少使用「頁下註」這種方式（偶爾也會用，但不多）。

美國判決也會引用大量的他人資料，最常引用的就是以前的判決。這正是英美判例法的傳統所致。因此，在閱讀美國判決時，雖然沒有註腳跳來跳去的問題，但是卻有在本文中，常常穿插引用其他判決的問題。例如在上面的案例中，我特別標示了在判決段落中引用他人判決的情況。以下再舉一個例子：

Some years later, petitioner Ostrer, along with medical patients, advocacy groups, and other doctors, filed this lawsuit seeking a declaration that Myriad's patents are invalid under *35 U. S. C. §101. 702 F. Supp. 2d, at 186.* Citing this Court's decision in *MedImmune, Inc. v. Genentech, Inc., 549 U. S. 118, 127 S. Ct. 764, 166 L. Ed. 2d 604 (2007),* the District Court denied

引用法條

某判決頁數

引用一個判決及其三種系列頁數

Myriad's motion to dismiss for lack of standing. *Association for Molecular Pathology v. United States Patent and Trademark Office, 669 F. Supp. 2d 365, 385-392 (SDNY 2009).* The District Court then granted

> 引用一個判決

summary judgment to petitioners on the composition claims at issue in this case based on its conclusion that [***16] Myriad's claims, including claims related to cDNA, were invalid because they covered products of nature. *702 F. Supp. 2d, at 220-237.* The Federal

> 某判決頁數

Circuit reversed, *Association for Molecular Pathology v. United States Patent and Trademark Office, 653 F. 3d 1329 (2011),* and this Court granted the petition for

> 引用一個判決

certiorari, vacated the judgment, and remanded the case in light of *Mayo Collaborative Services v. Prometheus Laboratories, Inc., 566 U. S. ___, 132 S. Ct. 1289, 182 L. Ed. 2d 321, 330 (2012).* See *Association for*

> 引用一個判決及二種系列判決頁數

*Molecular Pathology v. Myriad Genetics, [**132] Inc., 566 U. S. ___, 132 S. Ct. 1794, 182 L. Ed. 2d 613 (2012).*

> 引用一個判決及二種系列判決頁數

　　當讀者了解判決中不斷出現的斜體字，都是在引用其他判決時，在閱讀上，就比較容易閱讀。亦即你可以跳開那些斜體字不看，只閱讀正體字的本文；當然你仍然大概要知道，那些穿插在本文中的，是在引用其他判決或指頁數。

第八章 「研究計畫書」或「第一章緒論」

　　許多學校或研究所均會規定，寫論文前，必須提報論文計畫書。而這個論文計畫書，還有一個簡單的形式審查，必須審查通過，才能開始寫論文。通常，研究計畫書的審查，真的都只是流於形式，不是非常重要。但也有的學校比較正式，會請校外的委員對論文計畫書給予實質的審查，亦即，也可能有「不通過」的輕微風險，雖然風險不高。

　　有的同學並不清楚，到底研究計畫書要寫些什麼。

　　其實，現在寫的研究計畫書，將來應該就會成為碩士論文的第一章，所以這個計畫書，若能認真寫，的確也可以好好寫。寫計畫書階段，若真的做好了文獻回顧的工作，確實有助於後續研究的進行。

　　研究計畫書，通常就是未來的「第一章緒論」。那第一章緒論中，通常會有什麼內容呢？以下我先列出，應該會有幾個基本內容，包括題目、研究背景（或動機）、研究目的、研究方法、本土文獻回顧、研究架構。

論文題目

第一章　緒論

　　第一節　研究背景（或動機）

　　第二節　研究目的

　　第三節　研究方法

　　第四節　本土文獻回顧

　　第五節　本論文架構

一、題目

　　我參加過很多口試，包括我自己的碩士論文、博士論文，許多口試委員常常對論文的題目很有意見。亦即，他們在口試時，針對論文的架構與內容，對應到題目上，常常覺得「文不對題」，而要求做修正。例如，黃異教授也曾經指出：「許多寫論文的人罔視題目與內容的關係，結果使得整篇論文的敘述逾越題目或有不足，或出現與題目風馬牛不相及的情況。**❶**」

　　因此我們可知，一個論文的題目，最後確定的題目，一定與最後確定的論文內容有關。在計畫書階段，因為還不確定到底會寫出什麼樣的內容，而最後的建議或著重的地方在哪，也還不確定。所以，在計畫書階段，只要給一個比較一般性、範圍較大的題目即可。隨著論文內容的撰寫，越來越明確要強調什麼之後，題目也會隨之修正變動 **❷**。換句話說，在計畫書階段，對於到底要設定什麼題目，不用太過擔心。

　　說白了，就算你認為設定再好的題目，等到口試時，一定會有某口試委員要求修改題目。

---

❶ 黃異，法律論文寫作應有的一些基本認知，輔仁法學，15 期，頁 10，1996 年 6 月。
❷ 同上註，頁 10。

二、研究背景（動機）

　　撰寫研究計畫書的目的，就是讓老師可以在很短的時間內，知道你想研究什麼，以及為何要研究這個主題？這個主題到底有什麼研究價值？因此，研究動機或研究背景，就是一個很重要的開場白。

　　其實，說是研究動機，有時覺得頗為奇怪。因為個人為什麼想研究這個題目（你的動機）？這要看你問的是私人的動機，還是冠冕堂皇的動機？若是私人的動機，學生的動機很單純，就是希望畢業，如此而已。

　　所以，稱為研究動機，有時會讓人困惑，到底要誠實地講自己的私人動機？還是冠冕堂皇的動機？因而，我覺得比較好的稱呼，應該是研究背景。

　　所謂研究背景，就是把想研究的問題概略地交代清楚，尤其可以稍微交代一下，這個問題目前在臺灣的現狀如何如何，或者目前臺灣學界對這個問題的討論，大致如何如何。而你之所以會想研究這個問題，大概是認為你有了一些新的想法、新的素材（新判決或國外新資料），可以補強這個問題的討論，所以想要研究這個題目。

　　基本上研究背景並不難寫，但學生有時候寫的研究背景，往往被「背景」這個詞所誤導，導致所寫出來的「背景」，真的是太遙遠的背景了。亦即，學生所寫的背景，與即將進行研究的題目，實在太遙遠，讓人看了半天還是不知道想要研究什麼。

　　例如，有個學生想要寫「醫院發生醫療過失時應否主動揭露其錯誤」的問題，但研究背景，卻寫了許多關於臺灣醫療疏失的訴訟，而且有刑事責任，導致醫院五大皆空、醫界反彈、抱怨，甚至推動修法將醫療疏失行為除罪化……等等。看了這麼多的研究背景，我認為，這跟「發生醫療過失應否主動揭露錯誤」這個主題，有點太遙遠了。雖然這些說明都跟醫療過失有關，但與現在想要討論的研究主題無關。

　　對於這個主題，比較好的研究背景的寫法，我試擬如下：

例

　　臺灣醫療糾紛訴訟很多，當發生醫療糾紛時，醫院往往不願意主動提出病歷，並說明醫療過程中到底發生什麼事。由於醫院處理態度消極，讓病患家屬覺得有所隱瞞，因而往往不願意和解，認為案情並不單純，而執意提起訴訟，希望透過訴訟，取得更多的真相。亦即，病患家屬有時提起訴訟，並不是要賠償金，而只是要個真相。但是，為何臺灣的醫療機構在出現醫療疏失時，都不願意以更開誠布公的方式，主動告訴病患家屬，整個醫療過程中出了什麼問題，並提供相關資訊或內部檢討報告？……

　　而研究背景上，也可適度地說明，對於這個問題，目前國內的研究情形：

例

　　國內對於醫療糾紛事故處分的研究文章非常多，但對於醫療糾紛發生後，是否應強制或鼓勵醫療機構主動揭露錯誤之制度，國內目前尚無研究。在美國，某些州曾經採取一種鼓勵式的醫療錯誤主動揭露制度，也有聯邦參議院提出過法案，想要在聯邦層級推動此一制度……

　　上述這樣的研究背景寫法，比較清楚地交代了這個問題為何值得研究、國內的研究較少，而我們欲參考的研究對象等等。這些都是這個研究的背景。

三、研究目的

在研究目的的撰寫上，通常也不難寫，就是很直接地講出，自己到底對於這個問題，想從哪幾個研究取向切入，去分析論述這個問題。由於論文強調要有「新東西」，包括新議題、新研究方法或新素材、新解決方案等，因此，在研究目的上，可比較清楚地說明，到底自己的研究目的，是想提出哪一些「新東西」？

例如，有一位學生想要寫美國 2012 年上路的美國專利改革法案中，對於領證後複審制度的研究。其在更前面的研究背景上，先交代了這個問題目前臺灣還很少有人研究，包括制度的介紹都不多見。

因而，他的具體研究目的，可以包括：

例。

1. 清楚研究美國專利改革法中領證後複審制度，包括對條文的全文翻譯與說明。（新議題）

2. 該制度從 2012 年上路以來，已經開始有初步的案例。而這些案例國內都較少人討論。因此，本研究打算深入研究幾個代表性案例，透過案例讓我們更清楚掌握美國領證後複審制度。（新議題及新素材）

3. 美國的領證後複審制度，與臺灣的舉發制度有何不同或相同之處？本研究欲進行比較研究，並希望參考美國制度的特色，可以對臺灣提出比較與建議。（新素材、新解決方案）

四、文獻回顧

　　一般認為，第一章好像應該有一個「文獻回顧」。但老實說，由於法學論文通篇就是在整理國外的文獻所探討的內容，或者說，法學的研究就是對他人的論述進行辯證，所以，整本論文就是在做文獻回顧。因此，第一章到底需不需要文獻回顧呢？

　　我認為，由於法學的研究，重視比較法的研究，所以原則上，我們並不把國外的文獻，當成國內的「既有文獻」。關於此點，北京大學的河海波教授也同樣認為，由於法學論文寫作的讀者是以中文發表，寫給華人世界閱讀，所以所謂的文獻回顧，只需要回顧中文文獻中已有的研究。尤其對於外國比較法的研究方面，只需要回顧中文文獻即可 [3]。如果把國外的法學文獻都當作既有文獻，那我們何必還研究國外法，都已經「有人研究過了」。

　　這跟別的學科領域不同。在其他學科領域中，所有的中、外文的文獻，都是既有文獻，所以在做文獻回顧時，外文的文獻也要一起回顧。而未來要做的研究，不能重複外國已經做的研究。

　　但法律學不一樣。法律學的研究，重要的還是要回歸本土的法律，而應用於我國。而法學研究的對象或讀者，則是本土法律圈的讀者。因此，國外那些用外文寫的文獻，不能算是我國的「既有文獻」。而我們的研究，主要的內容，就是要去讀懂許多國外的討論。

　　在其他學科的論文中，「讀懂國外文獻」這個步驟，在「文獻回顧」裡面就解決了。而我們法律學的研究，整本論文的內容骨幹，就是要將讀懂國外的討論後，呈現在論文中。因此，我們也可以說，法律碩士論文的第二章至第四章，可能通通都是在回顧整理國外已經寫過的東西。

　　那到底，在第一章緒論中間，還需要文獻回顧嗎？我覺得還是可以加一個文獻回顧。但所回顧的文獻，只限於臺灣本土的既有文獻。亦即，你可以

---

[3] 河海波，法學論文寫作，頁 200，北京大學出版社，2014 年 3 月。

簡單回顧一下，對於這個方面的研究，國內已有的文獻有哪些？各篇文獻已處理了哪個面向的部分？而哪些部分還沒有處理？而尚未處理的部分，正是你想提出的「新東西」。

第一章　緒論
　　第一節　研究動機
　　第二節　研究目的
　　第三節　研究方法
　　第四節　本土文獻回顧

> 只需要回顧本土文獻，並指出本土尚未研究的東西，就是本研究想去研究的部分

五、研究方法

　　在前述第二、三、四章中，我們介紹過，其實法學的研究，並沒有嚴謹的研究方法。但是法學的研究，可以有不同的研究取向。而因為一本碩士論文，往往要寫到一百頁，其在一百頁的篇幅中，可能使用的研究取向，不只限於一種研究取向，可能同時包含四種研究取向。

　　例如，同學的碩士論文中，最常出現的研究取向，可能包括：

1. 判決研究
2. 學說研究
3. 比較法研究
4. 修正法案研究

　　老實說，這樣的研究，只能說是在論文的論述中，綜合了這些不同的研究取向，但這並不能算是一種研究方法。但由於法學的研究沒有嚴謹的研究方法，在碩士論文的第一章研究方法中，不能留白不寫。因此，我會建議，在研究方法那一節中，就寫下你在論文各章中所使用的不同「研究取向」。亦即，本書第三章所介紹的各種研究取向，若你的碩士論文有用到那樣的研究取向，就可將之列入你的研究方法中。

六、研究架構

（一）還不確定未來的研究架構

各校都會要求在提報碩論題目前，要先寫一個研究計畫書。而研究計畫書，就是論文的第一章緒論。所以看起來，第一章的緒論，當然應該要「最先寫」。這不是廢話嗎？

但實際上，我個人在寫作較為短篇的期刊論文（三萬字以內）時，往往都是將「壹、前言」留在最後寫。因為，我比較重視能否寫出新東西，而在整個研究進行期間，我自己都不知道有哪些新東西可以寫，或不知道會往哪個方向發展過去。既然我都不知道會寫出哪些東西，我怎麼先寫出第一章的緒論呢？

尤其在第一章的緒論中，通常第五節會有一個「本論文架構」。這看起來更是讓我為難，我都還不知道論文要怎樣論出新東西，就先要我提出「本論文架構」。而且，是否此時緒論中所擬定的「本論文架構」，將來就不能更改了？

　　第一章　緒論
　　　　第一節　研究動機
　　　　第二節　研究目的
　　　　第三節　研究方法
　　　　第四節　本土文獻回顧
　　　　第五節　本論文架構

> 在還沒真的寫論文前，就要決定本論文架構，其實是有困難的

因此，我在寫期刊論文（三萬字以內）時，通常都是論文寫到最後快完成時，才回過頭來寫「壹、前言」，並且在前言中，交代我這篇論文的研究

取向與論文架構。

　　每每有學生告訴我，學校或系所規定，必須先交論文計畫書，且計畫書裡面一定要有論文架構，我都覺得很不切實際。但礙於學校的規定，我們還是要交計畫書，所以只好先盡量提出一個論文架構。

> 附帶提醒，各學校研究所所規定的研究計畫書的繳交時間，絕對不可以錯過。錯過這個時間，可能會影響你能否順利畢業

　　但這個論文架構，隨著之後論文的實際研究，最後完成時，是可以再回過頭來修改的。也就是說，第一章的緒論，在論文寫完成後，還是要記得回來修改。而我們也不用真的被當初的論文計畫書所綁死。

（二）不必過度重視論文架構

　　有些學生寫論文，還不知道能寫出什麼「新東西」，但跟老師討論論文時，卻先討論「論文的架構」，例如討論第二章要寫什麼、第三章要寫什麼、第四章要寫什麼，每一章下面的各小節又要寫什麼。

　　實際上，法學論文的研究，就是一個思辯、論述、比較的過程，所有思辯、論述、比較的過程，通通會轉化為文字，呈現在論文中。因此，法學論文的架構，比較少像其他學科，對於各章節的架構，有一定的順序。

　　例如，某些學科的架構裡面，會固定地要求，某一章是「文獻回顧」，某一章是「本研究之研究方法」，某一章是「研究發現」等。

　　其他學科的論文架構

　　第一章　緒論

　　第二章　文獻回顧

　　第三章　本研究之研究方法與進行

　　第四章　研究發現

第五章 結論

但是，法學論文的寫作，實際上沒有固定的研究計畫。除了第一章是緒論、最後一章是結論，至於中間的各章節，到底要先談什麼、再談什麼、從什麼角度談，都沒有固定的架構。

例如就以一個最根本的問題來說，到底第二章要先談我國法，第三、四章再開始比較外國法？還是第二、三章先介紹外國法，第四章再回來談我國法？並沒有固定的寫法。

又例如，每一章下面，到底該有哪些節？每一章下面是不是一定至少要有三小節？也沒有標準答案。如果你找的資料不夠、你想到的論述不多，你就沒辦法寫出充足的討論，也許那方面的討論，不足以支撐起一節、或不足以支撐起一章。所以，先想好論文的架構，根本就是搞錯研究的順序。

某程度來看，法學論文的研究，所有的文字內容，可以說都是我們的「文獻回顧」；換個角度來看，或者又可以說，所有的內容，也都可以說是我們的「研究發現」。重要的是，到底你研究了些什麼「新東西」，是過去的論文沒有研究過的。因此，論文的架構，應該是看寫了哪些新東西，有哪些素材可以寫，最後寫出來，再慢慢調整架構。

不然，有時候先決定論文架構，但決定了章節架構後，卻沒有資料可以寫，不就尷尬了。

通常，若老師或學生在討論論文時，只重視論文架構，表示其不太重視有沒有新東西。因為，架構決定了，就一定要有東西放進去，如果找不到新東西寫，反正就去把別人寫過的東西剪剪貼貼進你事先決定好的架構裡。因此，學生若說，已經先想好架構，而未想到底要怎麼寫出新東西，最後這種論文，通常都會淪為剪剪貼貼。現實上，若一個學生非常關心他的論文架構，其實就表示，他的論文只打算剪剪貼貼，所以關心的點，才會放在「每一章要去剪貼什麼」，而不關心「有沒有寫出新東西」。

七、初步研究

通常，論文計畫書除了上述第一章講的「研究動機」、「研究目的」、「研究方法」、「本土文獻回顧」、「本論文架構」之外，寫了這麼多東西，其實好像什麼都還沒寫。例如若想做一個關於日本死刑議題的討論，雖然寫了第一章緒論的那些內容，但實際上，日本死刑的討論到底有什麼特別的制度或判決，好像光看第一章，還是什麼都沒看到。

因此，假若貴校的研究計畫書是採取比較嚴格的審查，例如會寄給外校的教授審查，這時建議你，還是先把論文裡面會寫到的一些實質內容，先放在計畫書中，列一個「初步研究」，將你閱讀國外文獻的一些新東西的初步心得，先寫一點出來，讓審查委員看看你的初步研究，到底有沒有一些新東西。

而這個初步研究，將來也可能放入你論文中的第二章或第三章，所以這個初步研究，若可以的話，可以寫得認真一點。

有些學校規定，研究計畫書至少要寫一萬字，但實際上，光寫「研究動機」、「研究目的」、「研究方法」、「本土文獻回顧」、「本論文架構」應該很難寫到一萬字。但若加寫一些「初步研究」，亦即就是你目前已經寫的本文內容附上來，就很容易湊足一萬字。

例如，臺大博士班規定，要先繳交研究計畫書，並經過五位審查委員的審查。但感覺若只交一個一萬字的研究計畫書，卻要送到五位國內的權威學者手上審，被打槍的機率很高。所以，我覺得至少要交一個三萬字的研究計畫書。可是，光是「研究計畫」本身，怎麼可能寫到三萬字。實際上，你就可以把目前初步研究的成果，都放入研究計畫書中，這樣很容易就湊足三萬字了。

八、參考文獻

　　如果是寫論文的「第一章緒論」，還不需要寫參考文獻，但若是寫論文計畫書，就必須列出寫這個計畫書所參考的文獻。參考文獻的引用格式，請參考本書第十一章的介紹。

　　有的同學，為了讓自己的計畫看起來有聲有色，還沒有讀過的文獻，也把其列入論文計畫書後面的參考文獻。其實，要把還沒讀過的文獻就列入參考文獻，並非不可以。只是，若你現在就放入許多外文文獻，想要打腫臉充胖子，審查委員就會懷疑，你將來真的有辦法把這些「還沒閱讀」的參考文獻消化完嗎？還是你根本沒有可能去閱讀這麼多外文的參考文獻？

　　如果你根本沒有能力念這麼多，但你現在卻貼了這麼多外文的參考文獻，只是更讓我提早懷疑，你將來計畫通過後，實質內容上，是否又要開始剪貼他人論文的內文和剪貼註腳了。所以，參考文獻的列入，最好還是只列出你寫這份計畫書有真正參考的文獻，以及真正預計閱讀的文獻。

九、期刊論文的前言

　　本章所介紹的碩士論文的計畫書，也就是一般碩士論文的第一章緒論。若是濃縮為一般三萬字以內的期刊論文，則屬於論文的前言。由於濃縮為期刊論文，前言一般而言，大致介於 1000 字到 2000 字之間。一篇好的論文前言，大致上也需要將前述的 1. 研究背景、2. 研究目的、3. 文獻回顧、4. 研究方法、5. 研究架構，在短短的前言中清楚交代，以讓讀者可以馬上了解全文的重點。如果前言短於 1000 字，通常可能都沒有把上述的五件事情逐一交代。

　　不過，期刊論文的「壹、前言」，通常不再區分小標題，也不一定會按照順序將上述五個項目逐一呈現。但基本上，寫作者最好在心中謹記，在前言中盡量把這五個項目都提到。以下，我僅以自己的一篇期刊論文「美國智慧財產權訴訟中核發禁制令之審查」[4]的前言為例，說明前言中把這五個項目均提到了。

例.

美國智慧財產權訴訟中核發禁制令之審查

壹、前言

> 在註 1 中文獻回顧

　　關於美國禁制令核發之判準，國內已有豐富研究[註1]。其中，對於初步禁制令之討論，最為熱烈，其相對於我國類似制度，為我國的定暫時狀態假處分。至於永久禁制令的討論，似乎較少見，相較於我國之制度為何，也須澄清。國內文獻在比較美國初步禁制令與我國定暫時狀態假處分制度時，均已提出制度上之差異，

---

[4] 楊智傑，美國智慧財產權訴訟中核發禁制令之判準，智慧財產權月刊，第 160 期，頁 51-100，2012 年 4 月。

而智慧財產案件審理法及審理細則通過後，似乎已經拉近臺灣與美國制度之差異。但有趣的是，在永久禁制令制度與臺灣制度的比較上，似乎沒有文獻比較出臺灣類似制度，也沒有從美國永久禁制令之運作，來分析臺灣目前運作上與美國之差異，或者如智慧財產案件審理法一般，思考如何拉近臺灣與美國制度之差異。因此，本文認為在詳細比較美國制度，並提供借鏡思考臺灣制度運作，有其意義。

研究背景

但由於國內對美國禁制令核發判準之研究，已有豐富文獻，故本文為避免重複，決定以重要個案評析方式，挑選美國近年來兩個最重要的禁制令案件，作為介紹對象。但希望透過判決論理的詳細介紹，抽取出一些有趣思考點，回來借鏡檢討臺灣制度之運作。

研究目的與研究方法：以美國重要案例為研究目的，而研究方法也是比較法

美國最高法院在 2006 年做出 eBay Inc. v. MercExchange, L.L.C., 547 U.S. 388 (2006) 判決，改變了過去美國專利訴訟中核發永久禁制令之判準。該案乃針對專利訴訟之永久禁制令，尤其專利蟑螂此特殊問題之禁制令問題。雖然其乃針對專利訴訟，且乃針對永久禁制令，但其對禁制令之核發標準，也影響到其他智慧財產權案件（著作權和商標權）。

eBay 案如何影響到其他智慧財產權案件，以及影響到初步禁制令之核發，本文挑選較新重要判決，選擇 2010 年第二巡迴上訴法院 Salinger v. Colting 案為代表作深入介紹。該案乃一著作權侵權訴訟，原告要求法院核發初步禁制令，原地區法院按照舊的判準同意核發，但被告上訴後，第二巡迴上訴法院援引 eBay 案之見解，認為應調整著作權侵權案件中核發初步禁制令之審查判準，而撤銷地區法院所核發初步禁制令。此外，原告為美國著名小說「麥田捕手」作者，故該案本身具備話題性及代表性，值得深入研究。

不過，eBay 案雖然影響到著作權之初步禁制令之審查，但對商標權侵權之初步禁制令的審查，究竟產生如何影響，目前仍有爭議。本文也以 2008 年第十一巡迴法院 NAM v. Axiom 案和 2011 年第一巡迴法院 VOAW v.

Medical News Now 案為例，說明在商標侵權案件上，由於商標權之性質與專利權、著作權有所差異，所以法院對於是否要適用或如何適用 eBay 案要求的四因素審查，仍持保留態度。

> 初步研究心得

以下本文第貳部分，先介紹 2006 年美國最高法院 eBay Inc. v. MercExchange, L.L.C. 案，以及判決中之重要論述。第參部分，則介紹 2010 年美國第二巡迴法院 Salinger v. Colting 案，並詳細介紹其判決中的重要論理。第肆部分，則介紹 eBay 對商標侵權案件之禁制令審查的影響，並介紹第十一巡迴法院與第一巡迴法院重要案例。在看完美國幾個最近之重要判決後，在第伍部分，將回過頭來比較臺灣類似制度之運作，比較兩國之差異，並提供一些建議。第陸部分則為結論。

> 研究架構

註 1 一般性介紹者，可參考劉尚志、王敏銓、張宇樞、林明儀，「美台專利訴訟－實戰暨裁判解析」，頁 155-157，元照，2005 年 4 月；王承守、鄧穎懋著，「美國專利訴訟攻防策略運用」，頁 49-52，北京大學出版社，2006 年 1 月；陳郁婷、周延鵬、王承守、鄧穎懋，「跨國專利侵權訴訟之管理」，頁 72-92、240-249，元照，2007 年 9 月；Martin J. Adelman 等著，鄭勝利、劉江彬主持翻譯，「美國專利法」，頁 211-213，知識產權出版社，2011 年 1 月。期刊論文詳細討論美國定暫時狀態假處分案例及比較我國判決者，可參考鄭中人，「專利權之行使與定暫時狀態之處分」，臺灣本土法學，58 期，頁 101-138，2004 年 5 月；邵瓊慧，「我國智慧財產案件定暫時狀態處分制度之研究－兼論美國案例最新發展」，智慧財產訴訟制度相關論文彙編第 1 輯，頁 337-405，司法院，2010 年 11 月。

> 在註腳中文獻回顧

第九章　論文架構

一、論文有幾章？

有的老師很在乎論文的組織與架構，例如要求所有的碩士論文一定要有六章。為什麼一定是六章？到底是哪六章？其實我也不知道。

基本上，論文要有幾章，要看你自己資料的蒐集、論證的組織、討論的面向而定，倒沒有規定一定要有幾章。

Elizabeth Fajans & Mary R. Falk 認為，一篇期刊論文，一般而言，大約有四章。分別是前言（introduction）、背景（background）、分析（analysis）、結論（conclusion）[1]。

但我為了讓學生比較容易擬出論文的大架構，我建議，論文大致上有五章基本架構。至於在這五章基本架構之外，若有更豐富的論述，則可以自己增加。

（一）比較法的論文架構

以比較法的研究為例，我先舉一個例子：

---

[1] Elizabeth Fajans & Mary R. Falk, Scholarly Writing For Law Student 86 (4th, 2011).

論文基本架構
　　第一章　緒論
　　第二章　臺灣現況討論（既有文獻或問題背景）
　　第三章　比較某一國家（新方法、新議題、新素材）
　　第四章　該國與臺灣比較（提出個人觀點）
　　第五章　結論

以上這個架構非常簡單。第一章為緒論，第五章為結論。至於第二章，我建議應該深入蒐集過去的國內文獻，對該問題或該議題，在既有文獻上如何討論與分析定位，做一個清楚的說明。

第三章與第四章，則是你論文的關鍵。你論文要寫出新東西，到底你的新東西是發現了新議題？找到了新的方法或新的素材？等，你可以在第三章，比較完整的介紹你的新東西。若是採取比較法的研究，我認為可以在第三章，深入討論該國相類似的情況、相關的法制與判決等。

而比較法的研究上，我很堅持，美國是美國，臺灣是臺灣，不要把美國與臺灣混為一談。這個問題是留德學者常出現的問題，他們很容易把德國討論吸納到臺灣討論中，認為臺灣就應該如同德國。在第四章，我建議可以從外國經驗，回來比較臺灣，先比較二國有何差異，再從此差異中，提出一些可行的建議。

有些學者的文章結構，並不太比較，留德的學者會認為德國的東西就是好的，留美的學者也認為美國的東西是好的，臺灣就應該像是德國或美國那樣。他們這種寫法或主張都太本位主義了。我自己雖然大部分論文都是參考美國文獻，但我大多都是參考美國學者的批判論述，我很少說美國的法制就是對的，美國的判決都是好的。因此，在論文第三章介紹完外國的學術討論後，第四章則務必要回來比較二國之不同，而你對外國學說的比較或修正，就是你的創見，也就是論文的貢獻之處。

（二）判決研究法的架構

除了比較法研究，當然也可以採取判決式的研究。包括單一判決之深入研究，或同類問題各種判決的蒐集比較研究。以下，我提出一個判決研究法的論文架構。

論文基本架構
　　第一章　緒論
　　第二章　臺灣現況與學說討論（既有文獻、問題背景）
　　第三章　深入分析某一判決或許多判決（新方法、新議題、新素材）
　　第四章　實務與學說的落差進行比較（提出個人觀點）
　　第五章　結論

對於判決研究法的論文架構，第一章緒論、第五章結論，保持不變。第二章，我覺得可以分析臺灣既有的學說觀點，例如最高法院舊的判例見解，以及過去臺灣重量級學者的主流觀點。第三章，將此觀點落實到一個新議題的判決，或者某一類問題的判決上，進行單一判決的深入研究，或者對該議題的各種判決蒐集後的分析研究。第四章，在判決研究完後，也許可以對實務的判決見解，提出分析意見，這樣的分析意見，包括學者已經提出的分析，或者提出一些自己觀察到的有趣之處，進行分析討論。

二、如何消化與組織文獻

（一）剪貼大量資料與組織

法學碩士論文，動輒八萬字或 100 頁以上，整本論文，就是在堆砌從各個地方找到的資料，加以組織並整理。因而，我認為在臺灣的法律論文寫作中，很重要的一門功夫，就是「資料組織整理」的功夫。

這門功夫在別的學科也許不是那麼重要，在寫短的論文上，也不是太重要，但是在寫一本 100 頁的碩士論文，相當於就是在寫一本書。那麼，你必須具有消化眾多資料，並清楚整理組織、有系統地慢慢介紹的功夫。其實這種功夫，通常是資深老師在寫教科書，因為對某一個領域已經建立了自己的體系或系統，能夠將眾多知識慢慢有系統、有順序的鋪陳出來。

碩士班學生連五千字的作文都不太會寫，卻要去抄寫八萬字以上的碩士論文，最後流於剪剪貼貼。但是，「剪貼也要有功夫」！就算是剪貼，能夠剪貼的有條理、有順序、有系統，某程度也呈現了這個學生的組織與邏輯能力。

所謂的組織整理，具體來說，必須具備分類能力、歸納能力、邏輯能力、表達能力。

（二）分類與歸納能力

在我上大學的時候，我記得林子儀教授曾經說過一句話，法律規範，某程度就是在做分類（typology 或 classification）。例如，到底什麼是故意？什麼是過失？我們就是在做分類。當然，所謂的分類，要有分類的標準，所以法律人對許多法律要件，提出具體的標準，以進行分類，判斷哪類行為符合該要件，哪類不符合。

而這樣的分類，其實也結合了歸納（induction）能力。對於社會上包羅萬象的事務，我們如何採取某種標準，將其歸納成二類，或歸納成三類，都

需要相當的功夫。

　　舉例來說，學界可能對於過失的類型，過去可能採取二分法。當然，這種二分法（dichotomy），一定有分類的標準（standard）或判準（criteria）。但是一位學者，可能針對這樣的二分法，認為不足以解決實務上碰到的一些特殊問題。因而從實務的觀察，認為應該提出三分法（trichotomy），亦即提出一個新標準，然後按照其標準提出三分法。

　　上述舉例，認為原本的二分法不足夠，而觀察實務類型，提出更細緻的三分法，並提出更細緻的判斷標準。這樣的思考，在法律的論述上，是非常常見的。或者，也有人說這是一種「類型化」的工作。

　　但反之，也會有某些學者，認為法律界存在的各種複雜的區分標準或法律要件，太過繁瑣複雜，認為從眾多事務中，都可以歸納出一個基本原理或原則。或者，我們也可以提出，其可以將複雜的現象找出一個「一般化」（generalization）的共通原則。這種將眾多現象，提出一個基本原則，並用一個原則去統整過去各種複雜的學說與判準，也是法律論文中常見的一種論述邏輯。

三、邏輯組織能力

在碰到大量的文獻時，要如何組織，其實考驗的是你的邏輯能力。以下，我分別以思路的組織、判決的組織，以及論文的組織作為示範，一方面具體示範到底如何吸收消化各種大量文獻，一方面也凸顯，為何邏輯組織能力在法學論文的寫作非常重要。

（一）組織的邏輯

梁慧星教授在其「法學學位論文寫作方法」一書中，提到論文架構的安排，特別提到了一種論文的架構方式，稱為「遞進關係」[2]。其將遞進關係，又分為：

1. 時間上的遞進關係

大意是說，若是要談到法律的發展，應該按照時間先後順序，先介紹過去的理論、發展、案例，再慢慢講到最近的理論、發展、案例[3]。

2. 空間上的遞進關係

其認為，空間可以區分為「外」與「內」。所謂的外內，包括比較法的外與內，以及法律制度討論的外與內。

(1) 比較法的順序

如果是比較法的研究，他認為應該先介紹外國，介紹完外國法後，才討論國內法。但切忌不可以一下講外國、後來跳回國內法，後來又跳到國外法。跳來跳去，讓人混亂[4]。

---

[2] 梁慧星，法學學位論文寫作方法，頁 69-71，北京：法律出版社，2012 年 2 月二版。
[3] 同上註，頁 70。
[4] 同上註，頁 70。

　　我個人認為，比較法的研究，倒不一定要先討論外國，再回來討論我國。也可以先討論我國，再去比較外國。但基本上梁慧星教授講得沒錯，千萬不要一下跳到外國，一下又跳到我國，然後又跳到外國，內外不分，邏輯混亂。

　　(2)　制度探討的順序

　　另一種從外到內，他認為應該「先討論該制度的外部關係，產生原因、背景、哲學思想、政策取向、功能等，然後進入該制度內部，討論其構成要件、法律效果、解釋適用等。[5]」

3.　純粹邏輯上的遞進關係

　　梁慧星教授認為，邏輯上的關係，在法律上的討論，很重要的一點，就是應該「從抽象到具體」。其具體指出：「先從概念、定義說起，然後解釋其含意，探討其內涵、外沿，確定其適用範圍」，然後才「分析適用條件、法律效果」[6]。越抽象的問題放在前面，越具體的問題放在後面[7]。

　　我覺得梁教授簡單的微言大義，但卻把法學論述的邏輯講得非常清楚。我若可以再幫他補充一點，應該可以加上「從理論到案例」。在構成要件、法律效果談完後，再談具體案例。

（二）判決的組織

　　有的時候，我們會對於一個法律議題，蒐集大量的判決。對於這些蒐集來的判決，到底要如何組織呈現？

　　例如，對一個臺灣或美國的一個法律原則，各蒐集了 12 個代表性判決。此時，到底該怎麼組織這 12 個判決。我覺得，至少有三種分類介紹方

---

[5]　同上註。
[6]　同上註，頁 71。
[7]　同上註，頁 71。

式。

1. 按照時間先後順序

最簡單的方式，就是按照時間先後順序，依序介紹 12 個判決。按照時間先後順序介紹，可以凸顯這個原則的演變，或者實務界對這個原則操作，從過去較為粗糙的操作，演變到後來較為精緻的操作。

2. 按照管轄法院分類

12 個判決，可能分別來自不同的法院。例如，有 3 個來自最高法院，另外 9 個，則來自不同的上訴法院（例如 3 個來自北高院、3 個來自中高院、3 個來自南高院）。此時，也許不同法院代表著不同法院的看法。因此，可以下四個小標題（標題內容為各法院），然後依照不同法院加以分類，依序介紹。

3. 按照涉及議題進行分類

這 12 個判決，雖然都涉及同一個法律原則的適用，但 12 個判決，也許可以歸納整理為三個小面向，或三個子要件。如此，我們可以按照三個小面向或三個子要件，作為分類標準，先下三個小標題後，依序介紹。

4. 示範

我最擔心同學從各種資料來源，蒐集了 12 個判決，但卻毫無系統地，全部介紹。這樣會讓讀者在閱讀上，充滿了疑惑。這種未經整理、歸納、分類的判決介紹，等於只是原始資料的堆砌。

在之前第四章中，我曾經用自己寫過的一篇文章「教師行為不檢有損師道及其懲處效果之檢討」做例子。當初那篇文章，針對教師行為不檢有損師道被解聘的案件，我大量蒐集了我國各行政法院法院判決、教育部訴願書、中央教師評議委員會申訴評議書。如果從法院管轄來源來看，至少有三種管道的來源。但我著重的是案件的類型，針對教師法第 14 條第 6 款之「教師行為不檢有損師道」，實務上到底承認什麼類型。我將眾多蒐集的判決、訴願

書、評議書，按照議題的方式，整理為八個子議題，然後將之分類介紹。請參考下述論文標題結構。

例

題目：教師行為不檢有損師道及其懲處效果之檢討

壹、前言

貳、「行為不檢有損師道」的認定模糊

　　一、涉及私德不算有損師道

　　二、類型化

　　　　（一）論文著作涉及抄襲

　　　　（二）批評校方與其他老師

　　　　（三）與同事相處不睦

　　　　（四）漠視學生權益

　　　　（五）批評政治人物

　　　　（六）貪污

　　　　（七）性侵害與性騷擾

　　　　（八）師生戀與婚外情

> 同一個法條，針對各級行政法院、教育部訴願書、中央申訴評議委員會申訴評議書，採取案件類型的分類方式，進行分類

（三）文獻的組織

　　有的時候，請同學針對一個議題（例如「美國著作人格權」），先初步蒐集五篇文章，進行閱讀與摘要。我也會告訴同學，如果覺得那篇文章很不錯，可以「非常詳細地摘要」，將之整理成中文，將來的成果，也可以直接成為未來論文的一部分。

　　例如，五篇關於「美國著作人格權」之論文，我分別給其不同代號，及其內容，如下：

例

五篇關於「美國著作人格權」論文

論文1：前言、美國修法前、美國修法過程、美國立法內容、結論。

論文2：前言、美國修法過程、美國立法內容、美國1995-2008年案例、結論。

論文3：前言、歐陸法系人格權、美國立法內容、美國與歐陸之比較、結論。

論文4：前言、法國著作人格權、德國著作人格權、美國著作人格權、美國案例（2005年至2012年）、結論。

論文5：前言、美國憲法、美國著作權理論、美國著作財產權、美國著作人格權、結論。

　　這五篇類似主題的文章，都與美國著作人格權有關。但是，由於不同學者研究的旨趣與角度不同，寫出來的論述方向不同。而我們蒐集整理各種文獻，如何將這五篇不同的論文組織出來，讓人讀來清楚可讀、條理分明，並且覺得資料豐富，卻不會章節混亂、前後順序顛三倒四、反反覆覆，或者同一個東西散見在不同地方卻一再出現。

　　常常看到同學，雖然蒐集了很多資料，卻沒有真的消化吸收，也沒有組織整理能力。在不知如何統整的情況下，同學最後交給我的論文初稿，竟然如下：

錯誤示範

第一章：前言

第二章：美國修法前、美國修法過程、
美國立法內容 ----------- 論文 1 的內容

第三章：美國修法過程、美國立法內容、
美國 1995-2008 年案例 ----------- 論文 2 的內容

第四章：歐陸法系人格權、美國立法內
容、美國與歐陸之比較 ----------- 論文 3 的內容

第五章：法國著作人格權、德國著作人
格權、美國著作人格權、美國
案例（2005 年至 2012 年） ----------- 論文 4 的內容

第六章：美國憲法、美國著作權理論、
美國著作財產權、美國著作人
格權 ----------- 論文 5 的內容

第七章：結論

上述同學交給我的論文初稿，是一個嚴重的錯誤示範。可以發現，同學由於對於這麼多資料，根本無法消化吸收，欠缺資料整理歸納、分類之能力。因而乾脆將上述所有參考的論文，各自獨立成一章，當作論文全文初稿，交給老師。

老師在修改學生論文時，常常發現這種現象，就是學生介紹的內容太多，但是順序非常奇怪。

針對上面的例子，正確的作法，通常我會先選一篇文章的架構，作為我的基本架構。例如我先以「論文 4」的內容，作為我的基本架構。而形成了下述論文架構：

```
Step 1：參考論文 4 的架構
    法國著作人格權
    德國著作人格權
    美國著作人格權
    美國案例（2005 年至 2012 年）
```

　　然後參考其他四篇論文，若是重複內容的，就與相同主題的內容整理在一起。如果其他四篇內容與這個基本架構稍有不同的，再看適當的地方調整、補充。因此，我將「論文 1」整理進「論文 4」的架構，擴增如下：

```
Step 2：將論文 1 內容補充進論文 4 的架構
    法國著作人格權
    德國著作人格權
    美國著作人格權
    美國修法前
    美國修法過程
    美國立法內容
    美國案例（2000 年至 2012 年）
```

論文 1 的內容僅著重在美國，但比論文 4 介紹美國的修法更加詳細，因此將論文 4 中關於美國著作人格權加以擴充

再來，我又將「論文 2」補充進這個架構中，形成了下面的內容。

Step 3：將論文 2 也補充進論文 4 架構
　　法國著作人格權
　　德國著作人格權
　　美國著作人格權
　　　　美國修法前
　　　　美國修法過程
　　　　美國立法內容
　　美國案例
　　　　美國 1995-2000 年案例 ----------- 論文 2 比論文 4，多了 2000 年以前的美國舊案例，因而再將舊案例補充進來
　　　　美國 2000-2012 年案例

然後，再將「論文 3」的內容，也補充進來。不過，論文 3 的內容，與目前的架構稍有不同，好像無法單純地補充進這個架構。因而我又必須稍微調整。

Step 4：將論文 3 內容補充進此架構中
　　歐陸法系人格權 ----------- 論文 3 中有談到歐陸法系人格權，原本的架構已經有法國和德國，但歐陸是法國和德國的上位概念，所以將歐陸法系作為大標題，原本的法國和德國，變成這個大標題的內容
　　　　法國著作人格權
　　　　德國著作人格權
　　美國著作人格權
　　　　美國修法前
　　　　美國修法過程
　　　　美國立法內容
　　美國案例
　　　　美國 1995-2000 年案例

美國 2000-2012 年案例
美國與歐陸之比較 ·······

> 美國與歐陸之比較，
> 在原本的架構中沒
> 有，而比較應該要歐
> 陸與美國都介紹完才
> 能比較，所以新增在
> 最後面

最後，我要把「論文 5」也整合進這個架構中。

Step 5：將論文 5 內容補充進此架構中
　　歐陸法系人格權
　　　　法國著作人格權
　　　　德國著作人格權
　　美國著作人格權
　　　　美國著作權法概說
　　　　　　美國憲法
　　　　　　美國著作權理論
　　　　　　美國著作財產權 ·······
　　　　美國修法討論
　　　　　　美國修法前
　　　　　　美國修法過程
　　　　美國立法內容
　　美國案例
　　　　美國 1995-2000 年案例
　　　　美國 2000-2012 年案例
　　美國與歐陸之比較

> 論文 5 中，在介紹美
> 國著作人格權前，又
> 先談美國憲法、著作
> 權理論等更理論性的
> 內容，在原本的架
> 構中沒有，故新增在
> 「美國著作人格權」
> 之下

　　由於論文 5 的內容比較強調美國國內法的討論，且從美國憲法、美國著作權理論、美國財產權理論等談起，與原本的大架構稍有不同。但由於都跟美國有關，所以必須放在美國自己的國內脈絡下。我認為應該在美國法那章中，在著作人格權修法過程前，先放入美國憲法、美國著作權理論與著作財產權等，所以形成了上述的架構。

　　在經過了這 5 個步驟後，若我只參考這五篇資料，就想寫成一本論文，我形成如下的論文架構。不過需注意的是，由於所有的法學論文，都希望最後與臺灣本土情況進行討論，因而，我在最後一章「美國與歐陸之比較」，加入了「與臺灣比較分析」。再加上一個結論。就形成了一個完整的論文架構。

Final content

　　題目：美國著作人格權之研究
　　第一章　緒論
　　第二章　歐陸法系人格權
　　　　第一節　法國著作人格權
　　　　第二節　德國著作人格權
　　第三章　美國著作人格權
　　　　第一節　美國著作權法概說
　　　　　　一、美國憲法
　　　　　　二、美國著作權理論
　　　　　　三、美國著作財產權
　　　　第二節　美國修法討論
　　　　　　一、美國修法前
　　　　　　二、美國修法過程

```
        第三節　美國立法內容
    第四章　美國案例
        第一節　美國 1995-2000 年案例
        第二節　美國 2000-2012 年案例
    第五章　比較分析
        第一節　美國與歐陸之比較
        第二節　與臺灣之比較
    第六章　結論
```

從上述的五篇相同或類似主題的原始論文，進行閱讀、摘要，然後再慢慢統整起來。之所以同學會無法好好的組織大量的文獻，可能是因為：

1. 沒有真正讀懂資料

只要真的讀懂了你所蒐集的資料，應該就可以知道哪些資料是重複講同樣的事情，哪些是講不同的事情。如果同學會出現同一個內容散見在不同章節，很可能是根本沒有讀懂自己所蒐集來的資料。

2. 欠缺邏輯能力或表達能力

而在討論不同的事情時，應該先介紹什麼、再介紹什麼、後介紹什麼，到底該如何抉擇？這取決於你的邏輯能力，以及你對表達一件事情的能力。只要邏輯好、邏輯正確，或者想要清楚地介紹給他人知道，你自然可以慢慢找出最佳的介紹順序。

四、參考其他文獻的架構

上述例子中，我舉了一個比較法的研究。可以發現，對於比較法的研究，我們不太可能無中生有，自己就能找到重要條文或判決（一手資料），還是必須先透過文獻（二手資料）的閱讀，輔助我們找到重要資訊。那麼，我們若要研究外國法時，到底該怎麼組織或介紹外國法的內容？上面的例子其實已經點出重點了，但以下更清楚地把一些「心法」說出來。

（一）參考仿照外國論文架構

1. 仿照論文架構

我的做法大致如下。對於一個問題，我會去找一些美國的文獻來看，就同一個主題，每一篇文獻切入的角度，論述的順序，都不一樣。但我在看過幾篇相關的文獻之後，會選用一兩篇我比較認同的文獻，然後開始仿照其架構。

所謂「仿照其架構」，並不是抄襲，而是學習其架構。例如，我想探討美國著作權法的某個制度，我可能找到一篇文章，是介紹該法條修正過程與其中的辯論，我認為其介紹地非常清楚，很有條理，故我決定仿照其介紹架構與內容。我另外找到一篇學說爭議介紹的文獻，而我認為這篇文章介紹學說爭議介紹得也頗有條理，所以我又決定學習這篇文章的介紹架構。最後，我找到一篇文章，是介紹這個法條適用上相關的訴訟，包括聯邦最高法院、聯邦巡迴上訴法院的代表案例等。我也覺得其介紹得非常有條理，故也開始學習這篇文章的介紹順序，開始介紹美國法院的相關判決。

基本上，我的論文主要的架構，可能就是學習三篇主要的文章。但是，我的參考文獻不可能只有三篇，我只是用這三篇最主要的參考文獻，模仿其架構、介紹順序等，來作為我論文第三章到第五章的主架構。但是裡面的內容，我則會參考這三篇論文引用的其他重要文獻，我也去找來看，開始補強我的內容部分。

2. 回頭反思與比較臺灣

用這個方法的好處，就是結構會很穩當，介紹得也很完整，也很有條理，因為是學習他人已經發表之論文的結構。但是一般會認為，這樣的東西只有介紹，而沒有自己的主張，沒有任何貢獻或創見，不是一篇好論文。

不過我通常不會擔心這種事，因為我在這樣的學習過程中，文獻越看越多，一定會慢慢形成自己比較支持的想法，雖然我學習仿照了一篇文章，但最後我在論文的倒數第二章，將會提出我自己的論點，我形成的論點可能跟這篇文章的論點不同，可能是做一點修正，提出我的創見。

而且，通常以國內法律論文寫作的架構來說，介紹國外法制之後，必須回來跟臺灣法制做比較，所以，這個比較的部分，就可以算是你這篇文章的貢獻或創見。

這跟藝術品的臨摹很像。話說張大千以前也跑去敦煌臨摹那些佛像畫，但臨摹是學習其技巧，練好基本功，最後轉化為自己的能力，再加上自己的修正或創意，成就了一代大師。我想一般的學生，和剛出道的學者，文章中有很大的篇幅都是在介紹，那麼介紹的順序、安排等，就需要學習參考他人論文。當然等到自己成為正教授之後，可以跳脫介紹，不再需要學習他人的架構，就可以講創見而不作介紹，或者整篇論文的論述架構都有自己獨特的邏輯。

3. 參考大架構的文章或專書

以上的方法，是寫一個小主題時，我常常採用的方法。但是就寫一本碩士論文或博士論文時，我通常要求自己必須寫得比較宏大，也就是說，我不希望自己只停留在介紹，而希望有比較理論的探討。這個時候，我參考學習的對象，就不再是一兩篇英文期刊文獻，而會去挑選比較宏大的英文專書。

例如我碩士論文挑選了 Mark Tushnet 反違憲審查的大作《Taking the Constitution away from the Courts》（1999），博士論文挑選了 Williams III. Fisher 的探討網路音樂盜版解決之道的大作《Promises to Keep》（2004）。

由於這些專書的架構，會比一般期刊上的專論更為完整、全面，角度也會更高，而不會只停留在低層次的判決介紹、法條演變等，比較合我的胃口，也比較符合我對自己學位論文的設定。

4. 進一步找相關論文

請注意了，我們只是參考一個初步的文獻，協助我了解主題、擬定架構，但是，所參考的資料不是只有這本專書或這篇論文。我們可以從這篇主要論文的參考文獻或註腳中，進一步找到其他值得閱讀的文獻。亦即，我們應該參考這本專書或論文所引用的其他外文期刊文獻，進一步去找出來看，以充實實質內容的探討。

5. 進一步找判決與法條

如果是在做比較法的研究，雖然是參考一篇論文，介紹了重要的法條或判決。但是，千萬不可以只仰賴這篇文章所介紹的法條簡介或判決簡介。基於研究的誠實與完整，應該要進一步的，根據該論文的指引或提供的線索，進一步找出該法條或判決原文，找出來後自己閱讀原文。真正自己讀過那個法條和判決原文，才會對該判決的故事與脈絡，更加地清楚。

（二）參考其他中文論文架構

以上論文架構參考的概念，提供對論文架構很徬徨的學生參考。當然，要這麼做的前提，必須是你會搜尋美國期刊論文或者學術專書，以及看得懂英文。

如果你的論文，並非比較外國法，而是只就國內法做討論。其實一樣可以參考他人論文的架構。例如就類似問題，到底他人寫過什麼樣的論文，其架構為何？大致上也可以參考。當然由於自己的論文與他的論文不同，在大架構下，可以進行微調。

五、使用目錄功能

（一）透過目錄反思結構

　　整本論文的架構，代表著你整個大的思路。由於整本學位論文就像是一本書，所以不只是小段落的文字需要優美，大方向的掌握、小章節的安排，需要大的整體架構與邏輯能力。

　　但是，由於我們常常容易「見樹不見林」，也許能夠看到小段落的轉折，但不容易看到大的整體架構。要看到大的整體架構，在寫作的同時，就應該要持續地使用 word 程式中的目錄功能。亦即，要看得到自己的論文目錄，才知道自己的論文架構。若寫作論文期間沒辦法看到目錄，就很難在寫作期間即時調整架構。

　　我在論文寫作過程中，通常同時會「製作目錄」，參考整個大目錄，調整我論文中的敘述，思考某段敘述，應該放在哪一個標題層次下。這種「標題」、「內文」、「整體目錄」的反覆對照，讓我可以更清楚掌握整篇文章的思路轉折與結構安排。

（二）如何製作目錄

　　有非常多的同學，不會使用 word 程式所提供的製作目錄功能。因此，他們的目錄，通常都是整篇文章寫好，再一一查閱具體頁數，自己一個字一個字，把目錄打出來。若懂得使用 word 製作目錄功能，就會覺得用這樣原始方式打目錄，真的太「原始」了。

1. 設定標題格式

　　要會使用目錄功能，更前一步，必須會使用 word 程式中的「標題樣式」或「標題格式」設定。也就是說，你論文中的大、小標題，要使用 word 程式中的「標題設定」，隨時設定文「標題 1」、「標題 2」、「標題 3」、「標題 4」……等等。要先設有這些標題格式，才有辦法用 word 程式幫你做目

錄。

2. 插入目錄

當設定好標題格式後，只要使用 word 程式中的「插入目錄」功能，並選取「標題層次」，例如選取標題層次共 4 層，這樣 word 檔中，就會自動做出一個含有頁數的 4 個層次的目錄，包含標題 1 到標題 4。

這個頁數是程式自動抓取的，而非自己對照本文頁數打上去的。而且，隨著本文的寫作，目錄內容越來越多，也可隨時點選「更新整個目錄」，讓自己隨時掌握整體結構，以方便進行總體的調整。

六、碩博士論文的標題層次

碩博士論文的標題層次，有什麼規則？以下，先介紹一般期刊論文的標題層次，再說明學位論文的標題層次規則。

（一）期刊論文的標題層次

一般法律「期刊論文」的寫作，採用的標題層次，會使用：

1. 「壹、貳、參」（第一層次標題）
2. 「一、二、三」（第二層次標題）
3. 「（一）（二）（三）」（第三層次標題）
4. 「1. 2. 3.」（第四層次標題）
5. 「（1）（2）（3）」（第五層次標題）

以下是正確示範：

> 壹、前言
> 貳、我國實務問題
> 　一、法條
> 　二、實務判決
> 　　（一）最高法院判決
> 　　　1. 某年某字號判決
> 　　　（1）事實
> 　　　（2）爭點
> 　　　（3）法院見解
> 　　　2. 某年某字號判決
> 　　　（1）事實
> 　　　（2）爭點
> 　　　（3）法院見解

```
　　　　（二）大法官解釋
　　三、學說爭論
　　　　（一）甲說
　　　　（二）乙說
參、美國法
　　一、美國相關法條
　　二、美國重要判決
　　　　（一）聯邦最高法院判決
　　　　（二）上訴巡迴法院判決
　　　　　　1.2011年某案判決
　　　　　　（1）事實
　　　　　　（2）爭點
　　　　　　（3）法院見解
　　　　　　2.2012年某案判決
　　三、學者見解
肆、比較分析
伍、結論
```

　　上述所使用的「壹、一、（一）、1.、（1）」是在一個三萬字以下的期刊論文，由於內容不長，不需要使用到「章」、「節」。但是國內的博士論文、碩士論文，至少都會寫到八萬字以上（不成文規定），因此，上述的「壹、一、（一）、1.、（1）」舊標題層次就不敷使用。因此，需要使用到「章」和「節」這類的標題。

（二）「章」的使用

　　一般的論文，均會使用「章」作為最大層級的標題。因為，一般均把碩博士論文，當成「一本書」在寫，而寫書當然至少會使用「章」這個標題。

例如，以下是典型的碩士論文的章的安排

第一章　緒論

第二章　我國法對該問題的討論

第三章　美國相關法律

第四章　美國法院相關判決

第五章　結論與建議

（三）「節」的使用

在碩士論文中，是否一定要使用「節」，並無一定的要求。因為，一般碩士論文的各章，大約都在一萬字到三萬字之間，差不多就等於教授投稿期刊論文的「三萬字以下的論文」。由於老師投稿期刊論文時，直接就使用「壹」作為最上層次的標題，並沒有使用「節」作為最上層次的標題。所以，個人認為，碩士論文可以在「第幾章」以下，使用「第幾節」，但也可以不使用「第幾節」，直接以「壹、貳、參」取代之。

以下是使用「第幾節」的示範：

第三章　美國相關法律　　　　　　　　　　┌─────────┐
　　　　　　　　　　　　　　　　　　　　│ 章以下可使用節 │
　第一節　美國聯邦 1903 年某某法 ┈┈┈┈┈└─────────┘

　第二節　美國聯邦 1985 年某某法

　第三節　美國各州州法

　　　　　一、紐約州州法

　　　　　二、加州州法

但若不使用「第幾節」亦可，亦即，直接用「壹、貳、參」取代「第一節、第二節、第三節」。例如：

```
┌─────────────────────────────────────────────────────────────┐
│  第三章　美國相關法律                          ┌──────────────┐ │
│  壹、美國聯邦 1903 年某某法 ───────────────╴╴│ 章以下直接用「壹」│ │
│  貳、美國聯邦 1985 年某某法                   │ 「貳」「參」    │ │
│  參、美國各州州法                             └──────────────┘ │
│      一、紐約州州法                                            │
│      二、加州州法                                              │
└─────────────────────────────────────────────────────────────┘
```

　　需注意的是，「壹、貳、參」和「第一節、第二節、第三節」應屬於相同層次的標題。如果要使用「第一節、第二節、第三節」的話，下面就不要使用「壹、貳、參」，而應直接使用「一、二、三」。

第十章　內容寫作

一、避免抄襲

如本書的書名《別再剪貼論文》以及第一章的說明可知，現在的碩士生素質大不如前，許多碩士生為了湊字數，論文不是用寫的，是用剪貼的。亦即將他人論文的段落，逐頁、逐段的複製貼上。

（一）用引號引述原文並標示出處

法律的論文，因為常常要引述法條、引述判決理由、引述修法理由，甚至引述學者重要見解，所以常常會出現論文中需要整段引述他人的段落的情形。

1. 用引號引用整段

務必要注意，凡是不是自己寫的話，而是引述他人的原文，要加上「上下引號」，以示區別，表示引號中的段落是別人寫的，而非自己寫的。

例

某某法官則在若干判決中提出相同見解：「…準此，專利侵權訴訟之原告，對專利是否具有得撤銷理由，如已在他訴訟中為充分之攻擊防禦時，除非法院對該爭點所為之判斷顯然違法，或本訴訟提出新訴訟資料，足以推翻原判斷之情形外，他造當事人即使未參與該訴訟，仍得主張該有利於己之爭點為抗辯，專利權人應受該爭點之拘束，法院亦不得為相反之判斷，始符合誠實信用原則。[1]」

---

[1] 智慧財產法院 99 年民專訴字第 183 號民事判決（100.02.18）、智慧財產法院 99 年民專訴字第 195 號民事判決（100.01.27）、智慧財產法院 99 年民專訴字第 180 號民事判決

（100.01.25）智慧財產法院 99 年民專訴字第 175 號民事判決（100.01.25）、智慧財產法院 99 年民專訴字第 155 號民事判決（100.01.25）。

這個例子有用上下引號，就可以看出我是在引用一段法官的見解。如果只有在該段落後面加上註腳引用文獻出處，但卻沒有標出上下引號，會看不出來這是別人寫的還是你自己寫的。

錯誤寫法：

某某法官則在若干判決中提出相同見解，專利侵權訴訟之原告，對專利是否具有得撤銷理由，如已在他訴訟中為充分之攻擊防禦時，除非法院對該爭點所為之判斷顯然違法，或本訴訟提出新訴訟資料，足以推翻原判斷之情形外，他造當事人即使未參與該訴訟，仍得主張該有利於己之爭點為抗辯，專利權人應受該爭點之拘束，法院亦不得為相反之判斷，始符合誠實信用原則 **1** 。

---

1 智慧財產法院 99 年民專訴字第 183 號民事判決（100.02.18）、智慧財產法院 99 年民專訴字第 195 號民事判決（100.01.27）、智慧財產法院 99 年民專訴字第 180 號民事判決（100.01.25）智慧財產法院 99 年民專訴字第 175 號民事判決（100.01.25）、智慧財產法院 99 年民專訴字第 155 號民事判決（100.01.25）。

2. 社會科學甚至要求超過 40 個字要獨立一段引用

在某些社會科學的論文寫作要求上，甚至明白規定，若引用字數在 40 個字以內，可以在原段落使用上下引號，在段落中引用。但若引述超過 40 個字，應該要獨立一段，前後縮排的方式，獨立引用。

不過，這種社會科學的要求過於嚴格，因為法律的論述，往往為了討論法院見解、學者見解，需要整段引述他人見解，但法律界的論文撰寫方式，並不會要求超過 40 個字就一定要獨立一定縮排引用，而可以在原段落中使用引號引用。

最重要的是，不管是在段落中，還是獨立一段引用，前後都一定要加上引號，以區別標示引號中的內容並是自己寫的。

（二）改寫

如果沒有用「引號引述原文」的方式來引述他人見解，就應該將他人見解改寫。通常改寫，比較常見的方式是將他人的見解用更白話的方式改寫，或者稍微再濃縮他人論點的精華。例如 A 學者用兩頁的內容表達一個重要學說，但我們引述時，可以將其兩頁的內容改寫、濃縮為一頁，取其邏輯的重點。或者 B 法官論證一段法律見解並將事實套用到其法律見解中，我們引述時，也可將法院的見解取其邏輯的精要，至於事實部分更可以簡化。

所以，如果不願意用前面講的「引號引述原文」的方式，務必記得要將他人論述加以改寫。

（三）如何構成抄襲？

到底剪貼他人多少字，算構成抄襲？老實說沒有標準答案。

1. 英文句子連續 7 個字一樣

一般國際上就英文論文，認為一個句子裡面有連續 7 個詞一樣，就有抄襲疑慮。

有一則新聞提到，美國哈佛大學憲法大師 Laurence Tribe，在 20 多年前一本書中被發現有 19 個字抄襲，就被認定違反學術倫理，而公開道歉。

2. 中文句子連續 13 個字一樣

1 個英文詞，對應到中文，可能是 2 到 3 個中文字。目前我沒有看到任何一個正式文獻中指出，到底要連續多少個中文字一樣會被認為構成抄襲。有時會看到各種說法，包括連續 13 個中文字、14 個中文字、15 個中文字、16 中文字這幾種說法。

倘若英文連續 7 個詞，那麼對應於中文，大約連續 13 個中文字一樣，就有抄襲疑慮。事實上，中國大陸確實有中文抄襲比對軟體，是以一個句子中有連續 13 個字一樣作為有抄襲疑慮的標準。

3. 輔以整篇論文抄襲的比率

當然，如果中文論文連續 13 個字一樣，就構成抄襲，那麼幾乎所有法律圈所有老師、學生的論文都會構成抄襲了。因此，前面講的連續 13 個字一樣，只是有「抄襲疑慮」，但並不會馬上構成抄襲。

其還要輔以一個判斷，就是這篇文章中有多少比率，出現這種「連續 13 個字一樣」的情形。倘若整篇文章只有一段，或者有零星的五、六段，有出現這種「連續 13 個字一樣」的情形，還不算構成抄襲。

首先，別忘了要將有使用「引號引述原文」的句子或段落扣除，並且將引述法條的句子也扣除。扣除掉這些原文引用的段落或句子，若還有「連續 13 個字一樣」的情形，則可參考在整篇文章中出現的比率。

倘若全文有 15% 的段落有這種情形，應該就可以認定有抄襲。例如一頁 5 段，一篇期刊論文 20 頁，約有 100 段。倘若有 15 段有這種情形，就已經屬於嚴重抄襲。

需要強調的是，這還是指這 15 段有標註腳寫文獻出處，沒有加上引號，而被認為是抄襲。倘若是沒有標註腳寫文獻出處，則可以將比率門檻降低，「連續 13 個中文字一樣且沒有標註腳寫出處」，其實有 2、3 段有這種情形，就已經可以算是抄襲。

上述講的 15%，並非有公定的行情。我在不同的討論抄襲的說明中有看到，會輔以不同的門檻。有的抄襲軟體設定，被你抄襲的文章（A 論文），若在你的論文中全文超過 5%，就會被認定抄襲。有的老師則是認為在軟體比對後發現全文有 10% 以上文字與他人文章（A、B、C 論文多篇加總）重複，作為判斷有抄襲疑慮的門檻。

由於法律圈有大量引用法條、判決、學者見解的情況，因此，若使用這種抄襲比對軟體，必須先扣除了有「引號引述原文」的部分，再計算百分比。

（四）關於抄襲的錯誤認知

關於抄襲，有以下幾個錯誤認知：

1. 自己重新打字就不是抄襲？

有的學生有錯誤觀念，認為只要是自己重新打字，就不是抄襲。事實上，只要是將他人文章整段整段的抄，不管是用剪貼的，還是用打字的，都是抄襲。

2. 有引註腳就不是抄襲？

學生會有錯誤認知，認為只要每一段都有引用出處，就不是抄襲。實際上，任何一段文字只要有參考他人文獻，都應該標示註腳將參考文獻寫在註腳中；但是，並非表示有標示註腳引用出處，就表示可以整段照貼。

許多法律圈的學生認為，只要每一段都有引註，就可以將他人文章中的整段文字貼上，而不會構成抄襲，這是錯誤的認知。

二、內文寫作

　　學生的論文，如果是抄襲的，閱讀起來會很通順，很文雅，但一看就知道不是學生寫的。但如果是學生自己寫的，就會出現文筆不通順的情況。

　　現在看學生的論文，發現除了論文格式、引註格式等等之外（這些都很有問題），最有問題的，反而在最基礎的內容上。現在學生似乎沒辦法寫好一個句子，或沒辦法寫好一個段落。

　　問題究竟出在哪裡？是學生的寫作能力太差？還是表達能力太差？這種文句段落寫作不通順的問題，無法用案例說明，也無法歸類為哪些類型。但以下我還是嘗試歸納出幾種情形。

（一）語句不通順

　　仔細閱讀學生所寫的句子，會發現很多類似文法錯誤、贅字、贅詞、重複性字眼、語句不通等問題。或者是讀到一種句子，句尾語氣沒有結束，感覺後面好像漏掉了什麼。

　　會有這種問題，當然有可能是寫作都在趕時間，在有限時間內大量寫作，而沒有仔細校對，發生了句子不通順的問題。要解決這種問題，最好的方式，是在寫完任何內容交出去給別人看之前，一定要將檔案列印出來，自己重新閱讀一次，一邊閱讀一邊校對。

　　其實，只要肯將寫過的東西列印下來校對，都可以發現自己寫過的東西有很多地方不通順。即便是自己寫的，也可以「以今日之我」發現「昨日之我」的錯誤。

　　如果可以，交給第三人閱讀校對，也會找出更多的語句不順暢的地方。如果同學在把東西交給老師看之前，都可以先做這個步驟，應該就可以省下「老師批改作文」的時間。

（二）文風

1. 太口語

　　法律論文畢竟是學術論文，必須要以嚴謹的文風撰寫，不可以用太過口語、白話的文風來撰寫 **1**。例如，「的」這種字，在法律論述中，通常會改成「之」，甚至盡量省略。

　　舉例來說，在法學論述中，作者想提出自己見解時，到底該寫「本文認為」還是「拙見以為」還是「吾人認為」？「本文」、「拙見」、「吾人」其實都是在講「我」。法律論述中，傾向不要寫我這麼口語。但是，「我個人」認為，「筆者」或「本文」是比較中性的字眼。故建議使用「筆者認為」。

　　太白話的問題，還包括前面所說的，會出現太多的贅詞、贅字等，這都是過度白話寫作形成的問題。

2. 模仿文言但學不像

　　另外有一種情況，是法律系學生普遍出現的問題，就是法律教授寫的文字，有法律圈自己特殊的文體，有一點文言，但也不是全文言。這種特殊的文風，有讀過法院判決的人，就會了解。

　　例如，法律人不喜歡用「但是」，喜歡用「惟」來表達「但是」。其實「惟」這個轉折詞，有點古老，但法律人卻保留了這個慣用轉折詞。所以，學生看多了法律文章，也知道不要用「但是」，要改用「惟」，但學生卻常會誤用。例如常會出現某個句子，一直沒有句號只有逗號，中間一直使用「惟」串連下去。但「惟」有轉折語氣的意思，是否定前面的論述；「惟」並不是「而且」、「然後」的意思。同學可能為了模仿老師們的文風，文章中一直使用「惟」這個詞，反而奇怪。

---

1 梁慧星，法學學位論文寫作方法，頁 113-116，北京：法律出版社，2012 年 2 月二版。

　　再舉一例，「系爭」這個詞，代表的就是「這個」、「那個」等代名詞。例如，法律文章中不說「那個案件」、「這個爭議」、「這個判決」，喜歡用「系爭案件」、「系爭爭議」、「系爭判決」。雖然「系爭」有點像代名詞，但必須系爭的東西必須真的是有爭議的，才要用「系爭」，並不是所有的「這個」、「那個」代名詞，都可以用「系爭」取代。學生不懂，想要模仿老師文風，就使用「系爭文章」、「系爭見解」……等用語，其實要講的就是「那篇文章」、「該學者見解」。如果那篇文章或該學者的見解，並沒有爭議，不應該用「系爭」去指涉該文章、該見解。

　　學生本來白話文就已經不太會寫了，又被法律語言的「半白半文」風格所洗腦，想學習老師們寫作的那種半文言文方式。結果「畫虎不成反類犬」，寫出來的東西，一方面有很口語的白話文，一方面又用很文謅謅的法律風格的文言文。兩種風格夾雜，句子也不通順的情況下，讓人讀來真的是難以下嚥。

3. 文風飄移

　　碩士論文最容易出現的問題，就是大量抄襲剪貼。由於剪貼的內容是他人寫好的非常精彩的文章，所以文風四平八穩，也是法律人慣有的文體與文風。但是，文章不可能全都是抄襲剪貼，中間一些轉折、銜接，是用自己的話所寫。這時候，自己寫的部分，就沒這麼精鍊，馬上凸顯二者文風不同。英國的 Steve Foster 教授稱此為「文法上的移轉」（shift dramatically）[2]。所謂文法上的移轉，也就是文章風格的移轉。由於太過明顯，Steve Foster 教授說，這就是為何學生論文抄襲很容易被看穿的原因 [3]。

---

[2]　Steve Foster, How To Write Better Law Essays 28 (3rd ed. 2013).
[3]　Id.

（三）不會正確使用句子與段落

1. 太長的句子

閱讀學生所寫的段落，也常發現一種問題，就是學生不太懂「句子」的意思。往往會把一整段，就當成一句。亦即整段中，從頭到尾都沒有句號，只有在段落的最後，終於出現一個句號。

一個句子，最多不超過五個分句，就應該有一個句號。而文字的運用，也要多閱讀、多寫作，寫出來的東西自己多念幾次，應該都可以寫出優美的文句。

2. 太長的段落

一個段落應該就講一個意思。但往往同學一個段落很長，到底要表達什麼意思，卻不清楚。好像表達了很多意思，但又好像沒有講清楚。

有時候會看到一種段落，學生一直不分段，導致長達十幾行。內容轉折上，會像心海羅盤「葉教授」一樣，一件事沒講完，突然去講別件事；第二件事沒講完，又轉到第三件事。然後這樣一直轉來轉去，一段一直無法結束，且中間都沒有使用「句號」。最後終於看完一段，也不曉得學生想表達什麼意思。

一個段落，就應該清楚表達一個意思。一個段落最好不要超過 15 行。下一個段落，再繼續承接或轉折為另一個意思。段落的撰寫，某程度反映了思考的邏輯。邏輯不好，就無法寫出「一段一個意思」這種清楚的表達方式。

（四）不會使用全形標點符號

有一個很普遍的現象是，同學不太會打字，尤其是標點符號的打字。中文的標點符號，應該使用「全形」的標點符號，包括冒號（：）、問號（？）、分號（；）、括號（（））、乃至最基本的逗號（，）、句號（。），都應該使用「全形」的符號。

　　但很多人因為輸入法的關係，或者從來都沒有這個習慣，到今天為止，所打的標點符號，常常出現英文「半形」的標點符號。例如冒號（:）、問號（?）、分號（;）、括號（()）、乃至最基本的逗號（,）、句號（.）……等。

（五）如何訓練論文寫作？

　　學生連 10 頁的報告，中間的段落都沒辦法清楚地呈現邏輯關係，我們要如何要求他們寫 100 頁的碩士論文呢？在教學訓練上，所有法律研究所的課，都要求課堂結束後交一個期末報告，每份期末報告都希望至少一萬字。許多同學連一千字的作文都寫不好，突然要寫一萬字的小論文，最終導致的結果，當然就只會剪貼。而他們真正自己寫的東西，只有在剪貼與剪貼之間，寫一點銜接的文字。所以，要求交一萬字的報告，真正自己寫的卻不到一千字。

　　對於這個問題到底怎麼解決，我也不知道。不過或許可參考英文寫作課的作法。猶記在大學上英文課，在一學期的課堂上，老師會出四次作業，每次要求寫 3 至 5 個 page。這樣的作業要求，就是要求學生真的是自己寫，而且寫完後要慢慢修改，反覆閱讀。當然，那是英文寫作課，因為我們的英文都寫不好，所以一次寫 3 個 page，慢慢練習。

　　既然都念到研究所了，應該不用像英文寫作課一般，一次只寫 3 頁。但法律研究所每門課堂期末報告一次要求寫 20 頁，碩士論文一次要求寫 100 頁，卻也太多了。要求多寫，當然有幫助，但必須是自己寫的才有幫助。若要求多寫，導致學生只會剪貼，那麼每一堂課練習寫的期末報告，只訓練了學生剪貼的能力。最後寫學位論文時，仍然只學會了剪貼的能力，文筆能力一樣沒有進步。

三、內容寫作的格式錯誤

（一）首行空二格

　　在內文寫作上，一般最容易出現的問題，就是不知道「首行空二格」。此處的關鍵不是「空二格」，而是「只有首行」才需要空二格，第二行以下，仍然要頂到最左邊，而不可以縮排。

　　內文內文內文內文內文內文內文內文 **4** 。

內文內文內文內文內文內文內文內文內文內

文 **5** 。內文內文內文內文內文內文內文內

文內文內文內文內文內文內文內文內文內文

內文內文內文內文。

> 首行空二格

1. 整段都空二格

　　同學最常犯的錯誤，就是不只是首行空二格，而是整段前面都空二格。例如下面就是一個錯誤示範：

一、基本構成要件

　　（一）構成要件一

內文內文內文內文內文內文內文內文。內文內文內文內文內文內文內文

內文內文內文。內文內文內文內文內文內文

內文內文內文內文內文內文內文內文內文內

文內文內文內文內文內文內文。

> 同學錯誤將標題空二格，內文就全部空二格

---

4 註腳內容（10 號字）。
5 註腳內容（10 號字）。

（二）構成要件二

內文內文內文內文內文內文內文內文。內文內文內文內文內文內文內文內文內文內文。內文。

2. 整段空四格、空六格

通常，標題不應該空二格，標題都應該「頂到最左邊」，不需要因為標題層次的降低，就將之空二格或空四格。但同學卻會因為標題自己空二格，接下來的那整段內文，也跟著整段都空二格。甚至再下一個次標題，又繼續退縮空四格，而接下來的整段內文，都整段退縮空四格。以下是更嚴重的錯誤示範：

一、基本構成要件

（一）構成要件一

內文內文內文內文內文內文內文內文。內文內文內文內文內文內文內文內文內文內文。

1. 甲說

內文內文內文內文內文內文內文內文內文內文內文內文內文內文內文內文內文內文內文。

2. 乙說

內文內文內文內文內文內文內文內文內文內文內文內文內文內文內文內文內文內文內文。

（1）第一點

內文內文內文內文內文內文內文內文內文內文內文內文內文內文內文內文內文內文。

> 標題不斷向右邊退縮，內文也跟著不斷向右邊退縮。這是錯誤的寫法

（2）第二點

內文。

（二）構成要件二

內文內文內文內文內文內文內文內文。內文內文內文內文內文內文內文內文

我常開玩笑說，寫論文是在寫「一本書」，不是在寫「補習班講義」。補習班講義為了讓同學分點分段看清楚，所以標題會不斷往右邊退縮，內文也跟著往右邊退縮。結果整個文章越寫越右邊，左邊留下一片空白，畫面重心失衡。但那是在寫補習班講義，而不是在寫書。

上述的錯誤，正確的寫法如下：

一、基本構成要件

（一）構成要件一

內文內文內文內文內文內文內文內文。內文內文內文內文內文內文內文內文內文內文內文。

1. 甲說

內文。

2. 乙說

內文。

（1）第一點

　　內文。

<blockquote>標題都頂到最左邊，不需要一直往右邊退縮。每一段內文都是首行空二格，第二行要頂到最左邊</blockquote>

（2）第二點

　　內文。

（二）構成要件二

　　內文內文內文內文內文內文內文內文。內文內文內文內文內文內文內文內文

不管標題層次是否越來越低層次，其標題仍然都應該頂到最左邊。而內文不分層次，也都一樣，首行只需空二格，第二行以下仍然應該頂到最左邊。

這樣的寫法，一方面不會出現整篇文章越寫「重心越來越偏右邊」、「留下左邊一片白」；二方面也是節省紙張做環保，三方面，這才是「正式」的專書寫法，才顯得「穩重」。

（二）標題的格式

標題與內容，是二個不同的事務。但同學常常混淆標題與內容。在標號與標題內文上，容易出現的問題有三，以下介紹三個原則。

1. 標題統一靠左

在標題寫作上，其實不管標題的層次，通通統一靠左邊，不須空格。但很多人以為在目錄中，標題會隨著層次的降低，所以誤以為，在本文中，標題也要隨著標題層次的降低而空格。

例如，以下是錯誤的示範：

一、基本構成要件 ┄┄┄┄┄┄┄┄┄┄┄┄┄ 標題空二格

　（一）構成要件一 ┄┄┄┄┄┄┄┄┄

　　內文內文內文內文內文內文內文內文。
內文內文內文內文內文內文內文內文內文內
文。

　　　1. 甲說 ┄┄┄┄┄┄┄┄┄┄┄┄┄ 標題空四格

　　　　內文內文內文內文內文內文內
　　　文內文內文內文內文內文內文內
　　　內文內文內文內文內文內文內文內
　　　文。

正確的示範如下：

一、基本構成要件

（一）構成要件一

　　內文內文內文內文內文內文內文內文。內文內文內文內文內文內
文內文內文內文內文。

1. 甲說

　　內文內文內文內文內文內文內文內文內文內文內文內文內文內
內文內文內文內文內文內文內文內文。

2. 標題不要有「冒號」（：）

　　標題不應該有冒號。標題就是標題，標題中間不應有任何標點符號，尤其最常見在標題中看到的是冒號，但冒號是在行文之間才需要用標點符號。

　　以下是最常出現的錯誤：

（一）主觀構成要件： ……………………………… 標題不應有冒號

　　內容…。

（二）客觀構成要件：

　　內容內容內容內容內容內容內容內容…。

正確的寫法應該是：

（一）主觀構成要件 ……………………………… 標題沒有冒號

　　內容…。

（二）客觀構成要件

　　內容內容內容內容內容內容內容內容…。

3. 標題與內文應區分

　　另一個常見的錯誤就是，標題與內容不分。許多同學會將標題打上冒號之後，接著就開始寫內文。但實際上，標題與內容應該嚴格區分，標題就是標題，內文應該換行之後，空二格開始書寫。

　　以下是錯誤示範：

　　1. 甲說：內容內容內容內容內容內容內 ……………… 標題與內容不分
容內容內容內容內容內容內容內容內容內容內容內容內容內容…。

　　2. 乙說：內容內容內容內容內容內容內容內容…。

正確的寫法應該是：

1. 甲說

　　內容內容內容內容內容內容內容內容內
容內容內容內容內容內容內容內容內容內容
內容內容…。

2. 乙說

　　內容內容內容內容內容內容內容內容內
容內容內容內容內容內容內容內容內容內容
內容內容內容內容內容……。

標題與內容區分

四、標題寫作常見錯誤

標題層次的使用，一般看多了法學期刊的論文，就可以知道其使用規則，但仍有同學常犯以下一些錯誤。

1.　（一）與標題間不應有「、」（頓號）

以下是錯誤示範：

> （一）、最高法院判決 ⟶ 不應該有頓號
>
> 　　　內文內文內文內文

2.　1.、2. 數字後面的符號不應使用中文的頓號（、）

由於 1. 2. 是阿拉伯數字，其在數字後面的一點，應該使用英文的「句點」（.），而非使用中文的頓號（、）。

以下是錯誤示範：

> （二）上訴巡迴法院判決
>
> 　　　1、2011 年某案判決 ⟶ 不應使用中文的頓號
>
> 　　　2、2012 年某案判決

3.　（一）（二）的「（）」（括號）應該使用全形

同學們很多人不常打中文，不知道中文的標點符號與英文標題符號間，有「全形」和「半形」之分。而（一）（二）的括號，因為內部文字是中文，故括號應使用中文。

4.　(1)(2) 的「()」（括號）應該使用半形

同上，由於括號有全形和半形的區分，由於 (1)、(2) 中間的是英文數字，故應該使用半形的括號。

第十一章　註腳與參考文獻

一、當頁註腳

（一）APA 格式

APA 是美國心理學會（American Psychological Association）的縮寫，因此該協會推出的寫作標準也稱為「APA 格式」。APA 格式在引註部分採用的是「夾註」（Interlinear notes），就是在文章內文中插入註解的意思，通常以括號表示。

以下為範例文章：

例

全球化重要的現象之一就是勞工的志願與非志願性的全球移動。Mitchell（1996, p. 228）就認為，文化產製的全球化與經濟已經培養出一種新的彈性生產型態以及金融管制的解除。這樣的改變鼓勵了巨大的人才、資本以及商品的跨域流動，另一方面，人才的流動也加速了商業經營原理與實務的跨界傳佈（Yeung, 2007, p. 86)。臺灣電視節目製作人到中國大陸工作的歷史可以追溯到 1980 年代。例如，臺灣電視節目製作人江吉雄在 1989 年受邀到中國大陸與中央電視台合作，在央視播出之「正大綜藝之世界真奇妙」為央視海外合作的第一個節目（張舒斐，2011），這也是中國大陸綜藝節目真正起步的開始（李方儒，2011，頁 210）[1]

---

[1] 張舒斐，*藝人經紀實務、場域與中國大陸：另一種政治經濟學研究架構*，新聞學研究，170-171 (2013).

APA 格式在文章引用處後方插入括號，裡面包含了作者、相對應文章出處的年份以及引用頁碼。

倘若同時有好幾份文獻共同指出，中間會用分號「；」做區隔。

使用夾註的目的是為跟文章後面的「參考文獻」（Reference）或「參考書目」（Bibliography）做對應之用，將補充說明放置在文章的後方比較不會干擾讀者閱讀，也可以節省版面。

例如第一個引註「Mitchell（1996, p. 228）」，會對應到參考文獻中的 Mitchell 寫的 1996 年的那篇文章，而所引用的是那篇文章的第 228 頁。「李方儒，2011，頁 210」，會對應到參考文獻中李方儒 2011 年發表的那篇文章，而引用的是該文的第 210 頁。

參考文獻

Mitchell, K. (1996). In whose interest? Transnational capital and the production of multiculturalism in canada. In R. Wilson & W. Dissanayake (Eds.), *Global/local: Cultural production and the transnational imaginary*. Durham, UK: Duke University Press.

李方儒（2011）。《大明星了沒－電視圈的維基解密》。臺北：聯合文學。

APA 格式很重要的一點，就是在夾文註中，不會有該文章的完整資訊。該文章的完整資訊，會出現在參考文獻中，而參考文獻的格式，則非常重要。

（二）法律圈的當頁註腳格式

法律界的論文引註方式，採取的是「當頁註腳」（footnote）方式，而非使用前述 APA 格式的夾文註形式。

1. 註腳裡面放入完整文獻資訊

當頁註腳方式，與 APA 最大的不同，就是所有的文章資訊，在當頁的註腳，就必須清楚呈現。通常頁下註第一次出現時，就會完整交代文獻的相關資訊。

2. 重複引用文獻時以簡寫方式處理

爾後文獻重複引註時，若是引用同一份文獻，則會採取簡寫（short form）的方式，援引之前曾經出現的註腳。例如中文的「同上註，頁 55」，或英文的「Id. at 55.」。

3. 使用 word 的插入註腳功能

引註時，請注意一個小技巧，就是我們只需要用 word 裡面所提供的「插入註腳」功能，在所寫完的句子後面，加入註腳號碼（word 會將號碼自動編號），就會在當頁下面跳出欄位，讓我們把完整的參考文獻資訊寫上。

4. 插在標點符號前面

英文寫作習慣上，我們會在「標點符號後面」，插入註腳；而在中文寫作習慣上，註腳號碼應置於該整句最後之標點符號「之前」。

二、註腳的重要性

（一）一段至少一註腳

　　我曾經在指導學生時，找了該主題的一篇英文文章，要學生認真閱讀，並把該文章中的重要論述、思路，一段段地整理出來。我提醒該學生，將他人英文文章中的東西整理成中文，每一段中文的尾巴，至少都要下一個註腳。

　　該同學反問我，既然都是同一個人的論述，例如連續介紹某一個學者的論點長達三頁，或長達十段，可否在最開始，或者最後面，只下一個註腳。但我回答，絕對不可以用這種方式，因為你明明整理了該學者長達三頁或十段的論點，就應該在這十段中的每一段的最後都下一個註腳，而不可只有在最前面和最後面下一個註腳。若只有在最前面下一個註腳，會讓人以為只有第一段是引用該學者的東西；若只有在最後一段下一個註腳，會讓人以為只有最後一段才是引用該學者的東西。

（二）美國人要求一句一註腳

　　同學可能會覺得這樣好像很浪費時間，每一段都要下註腳。但我要強調，這是寫作論文誠實的最基本要求。說這個是「最基本」，可能會有人認為我太誇大。但現實是，在美國寫論文，一段一註腳，只能說是基本門檻，「一句話一註腳」，才是美國的標準要求。

　　若參考美國的法律論文，你會發現，一篇四十頁的論文，可能註腳就達到 200 個。而每一段不只是一個註腳，通常每一段就會有 3、4 個註腳。在美國的論文寫作要求上，不是每一段一註腳，而是每一句都應該要有一註腳。亦即，你所講的每一句話，都該有憑有據，因為你的每一句話，均非自己憑空想出來的，絕對都有參考他人的思路或文章。

　　英國的 Steve Foster 教授指出，只要你寫的一句話，不是一個一般的法律

常識，就應該下註腳，說明資料來源[2]。例如，他舉了下面這個簡單而有趣的例子，我將之翻譯如下：

例.

　　1998 年人權法案第 3 條下的所有案件指出，法院還沒有準備好扮演立法者的角色，而持續地、單純適用法條的目的性解釋，以確保符合傳統的人權[3]。

　　Steve Foster 教授指出，若你寫這句話都沒有引用註腳，表示你已經研究了所有第 3 條的案例，而得出上述結論。如果真的是你自己研究出這個簡短結論，也應該下註腳將所有參考的案例放入註腳中。如果你是從別人的文章看到這段話或這個概念，你若沒放註腳，就是一種抄襲（plagiarism）[4]。

　　美國論文的要求，原則上每一句話都應該有一個註腳。一段裡面若有五句話，就應該有五個註腳，清楚交代這五句話的參考資料。當然，若這整段都是參考同一個學者的文章，那麼這五個註腳，還是引用同一個學者，但是，美國人要求此時仍然要下五個註腳，但是所引用頁數可能不同。

（三）引用頁數要精確

　　由於法學論文很強調學者或判決中的各種論點或觀點，因此引註時，一定要清楚交代，此論點是來自於哪個學者，或是哪個判決見解。而所謂的清楚交代，最重要的是要精準到所引用的頁數。例如引用王澤鑑老師的學說，不能只隨意引用

　　王澤鑑，民法總則，作者自版。

---

[2]　Steve Foster, How To Write Better Law Essays 25-26 (3rd ed. 2013).
[3]　Id. at 25.
[4]　Id. at 26.

　　而必須清楚的指出，這個觀點，到底是在王澤鑑民法總則的哪一版？因為王澤鑑老師的民法總則已經改版多次。而且，也必須要清楚的引註，到底是該書中的第幾頁。所以，應該引成

[1]　　　[2] 王澤鑑，民法總則，頁 252，2014 年版。	[1] 精確地引用出該論點的 　　頁數 [2] 清楚指出到底是哪一版

　　一般而言，引用書會引用頁數，大家都不會省略。但有時我們引用他人的期刊論文，卻會忘記引用精準的頁數，而把該篇文章的前後頁數寫上。例如，只寫上：

　　林子儀，新聞自由與誹謗 ── 一個嚴肅的憲法課題，全國律師，第 1 卷第 5 期，頁 35-46，1997 年。

　　嚴格的規定，應該將所引用的那段重要論點，到底是出自這篇文章中的第幾頁，清楚的標示出來，而非概括地說就是這篇文章。正確地引用方式應該是

　　林子儀，新聞自由與誹謗 ── 一個嚴肅的憲法課題，全國律師，第 1 卷第 5 期，頁 42，1997 年。

> 精確地引用出該論點的頁數

　　當然，有時候並非要引用該篇文章哪一頁的論點，而大概是想說，關於這個問題的討論，有相關的一篇文章，都在討論這個問題。也許這個時候，就可以降低要求，只引用這篇文章，而不須精確地標出到底是在第幾頁。

　　為何頁數這麼重要？因為法律論述的討論，就是在思辯各方的論點、論證。而寫論文，清楚交代其論證參考的頁數，是要讓讀者去檢驗，看看到底這是你說的，還是原作者真的這樣說。透過這樣嚴格的檢驗，我們的法律論文論證，才夠客觀、夠誠實。

三、中文引註格式

　　對於法律論文格式的引用，各學校或各期刊的規定，或多或少有所差異，有的期刊會要求增加《》或〈〉或其他括號、標點符號等，但基本上的規則與邏輯是差不多的。一般通用的格式可分為以下幾項：

（一）期刊論文

　　一般通常的引註方式為「作者名字，文章名，期刊名，卷期，頁碼，年月」。最重要的是文章名後面要緊接著期刊名，讓讀者清楚知道這篇文章是從哪本期刊出來的，而在期刊名後面必須緊接著卷期，這樣才能一目了然是在期刊的第幾卷第幾期。

例

　　法治斌，以大為尊或同舟共濟？—由台北市里長延選談起，政大法學評論，71 期，頁 7，2002 年 9 月。

　　以下舉例的三本刊物格式，有些期刊的投稿格式會要求必須在文章名加上括號與於期刊名加上雙括號等枝微末節的格式要求。

1. 臺大法學論叢　　　　　　[1]　　　　　　　　　　[2] 法治斌（2002），〈以大為尊或同舟共 　　　　　　　　　　　　　　　　　[3] 濟？—由台北市里長延選談起〉，《政大法 學評論》，71 期，頁 7。	[1] 作者後面加年份 [2] 文章要加〈〉 [3] 期刊要加《》
2. 政大法學評論 　　法治斌，以大為尊或同舟共濟？—由台 北市里長延選談起，政大法學評論，71 期， 頁 7，2002 年 9 月。	

3. 中研院法學期刊	
法治斌，以大為尊或同舟共濟？—由台北市里長延選談起，政大法學評論，71 期，[4] 頁 7（2002 年）。	[4] 年份括號，不須月份

（二）書籍

　　一般通用的公式是「作者名字，書籍名，頁碼，出版社，年月，版次」。必須切記的是，在書籍名後面一定要緊跟著頁碼，因為在閱讀你這篇論文或文章的讀者可以馬上知道你引註是哪一本書的第幾頁，這很重要。

例

　　黃立，民法總則，頁 50-55，元照，2001 年 1 月 2 版。

　　以下舉例的三家期刊，其格式與一般通用的稍有不同，尤其是年份必須加上括號，書名加上雙括號，與年份置於作者名後面等等，所以投稿時必須詳閱各家期刊的投稿格式規範。

1. 臺大法學論叢	
[1]　　　　　　[2] 　　黃立（2001），《民法總則》，頁 50-55，台北：元照。	[1] 作者後面要加（年代） [2] 書名要加《》
2. 政大法學評論	
[3] 　　黃立，民法總則，頁 50-55，2001 年 1 月，2 版。	[3] 不需要出版社

3. 中研院法學期刊　　　　　　　[4] 　　黃立，民法總則，2 版，頁 50-55（2001年）。	[4] 不須出版社，年代括號，不用月份

（三）專書論文（論文集）

　　專書論文與書籍的引註雖然看似相似，但仍是有差異，其一般通常的格式是「作者名，文章名，書名，頁碼，版次，出版社，書籍出版年月」，與一般書籍差異在於必須清楚地將文章名寫上去，這樣才能使讀者知道你是看這本書的哪一篇文章。

例

　　蘇永欽，台灣的社會變遷與法律學的發展，當代法學名家論文集，頁557，法學叢刊出版，1996 年 1 月。

　　以下為三本刊物的不同格式要求：

1. 臺大法學論叢　　　　[1]　　　　　　　[2] 　　蘇永欽（1996），〈台灣的社會變遷與　　　　　　　　[3] 法律學的發展〉，《當代法學名家論文集》，頁 557，台北：法學叢刊出版。	[1] 作者後面加（年代） [2] 文章名加〈　〉 [3] 書名加《　》
2. 政大法學評論 　　蘇永欽，台灣的社會變遷與法律學的發　　　　　　　　　　　　　　[4] 展，載：當代法學名家論文集，頁 557，1996年 1 月。	[4] 沒有出版社資訊

3. 中研院法學期刊 　　蘇永欽，台灣的社會變遷與法律學的發 　　　　　　　　　　　　　　　　　　　[5] 展，載：當代法學名家論文集，頁 557（1996 年）。	[5] 年份加括號，不須月份

（四）博碩士論文

引用博碩士論文作為引註文獻時，其格式並不如前述那麼複雜，引註應為「作者姓名，論文名稱，頁碼，學校系所名稱碩（博）士論文，年月」。

例.

張家維，醫療糾紛處理及事故補償法制之研究─以美國法制為中心，頁88，國立雲林科技大學科技法律研究所碩士論文，2014 年 6 月。

特殊格式：

1. 臺大法學論叢 　　張家維（2014），《醫療糾紛處理及事故補償法制之研究─以美國法制為中心》，頁 88，國立雲林科技大學科技法律研究所碩士論文。
2. 中研院法學期刊 　　張家維，醫療糾紛處理及事故補償法制之研究─以美國法制為中心，國立雲林科技大學科技法律研究所碩士論文，頁 88（2014 年）。

筆者小感想

　　臺灣這麼小，但法律期刊的格式卻有這麼多種，各家版本的格式都有所不同。尤其在臺大法學論叢大改版後，包括「作者（2008）」、〈文章名〉、《期刊名》……等，要求加上很多符號。在引註時要求加上這些符號，增加寫作時的編輯時間。而如果投稿沒上，改投期刊又要改引註格式，光是為了引註格式就足以使人崩潰。本人拙見以為，註腳的重要在於資訊的完整呈現，而不在於標點符號，增加無謂的標點符號，只是增加寫作的時間。

（五）重複引註

1. 緊接前一註腳時

　　若引註是引用曾經引註過的註腳，且是緊接著上一個註腳時，則不用再重複將所有資訊再寫一次，應改寫成「同上註，頁 XX」。

　　例如：下例中的註腳 32 是引用「陳聰富，美國醫療過失舉證責任之研究，政大法學評論，第 98 期，頁 188，2007 年 8 月」，而註腳 33 也是要引用陳聰富的期刊文獻時，因為緊接著為引註，所以就毋庸再寫一次完整資訊，應寫成「同上註，頁 XX」。

32　陳聰富，美國醫療過失舉證責任之研究，政大法學評論，第 98 期，頁
　　188，2007 年 8 月。

33　同上註，頁 188-189。

34　同上註，頁 190。

　　再舉一例，也一樣是緊接引用，且是連續地緊接引用，可以一直連續使用「同上註，頁 XX」。

51	陳鋕雄、劉瑋庭，美國健改法下的醫療法院方案，醫事法學，第 18 卷第 2 期，頁 4-5，2011 年 12 月。
52	同上註，頁 5。
53	同上註，頁 6。
54	同上註，頁 8-9。

2. 間隔引用

　　如果引註是引用曾經引註過的註腳，但並沒有緊接著引註，而是中間隔了其他學者或文獻的引註時，則應改寫成「作者姓名，前揭註 X，頁 XX」。

　　例如：上例的註腳 32 是引用「陳聰富，美國醫療過失舉證責任之研究，政大法學評論，第 98 期，頁 188，2007 年 8 月」，而在註腳 35 也是引用陳聰富的期刊文獻，但中間的註腳隔著註腳 34 之其他作者的文章時，則註腳 35 應改寫成「陳聰富，前揭註 32，頁 XX」。

　　往後出現相同情形，都必須用「該文獻第一次完整資訊出現的註腳號碼」，所以無論是後續的註腳 70 或註腳 80 欲引用陳聰富的文獻時，皆必須記得寫成「陳聰富，前揭註 32，頁 XX」。

32	陳聰富，美國醫療過失舉證責任之研究，政大法學評論，第 98 期，頁 188，2007 年 8 月。	
33	同上註，頁 188-189。	
	[1]	[1] 隔了另一個文獻
34	David A. Hyman et al., *supra* note 14, at 169.	
	[2]	[2] 必須寫上「作者，前揭註 32」表示是註 32 的那一篇文獻
35	陳聰富，前揭註 32，頁 189。	

…… …… 50　王澤鑑，前揭註 12，頁 188-189。 51　陳聰富，前揭註 32，頁 189。 52　同上註，頁 189。	

（六）法院判決

判決的引註為「XX 法院 XX 年度 X 字 XX 號 XX 判決 / 判例 / 裁定」。

舉例：

最高法院 99 年度台上字第 1230 號民事判決。

最高法院 94 年台上字第 4929 號刑事判例。

在引用美國判決時，美國人很強調，你引用的是判決的第幾頁。但是，在臺灣引用臺灣判決時，由於臺灣判決沒有正式的頁數，無法引出第幾頁。但若只是引用判決中某個見解，卻要讀者自己從數十頁的判決中去找到這段見解，非常不方便。

若想要讓讀者可以更快速的掌握所引用判決的哪一段，建議應該更細緻地加上，是在判決中的哪一段的標題。例如，法院寫判決也像寫論文一樣，有標題層次，可以將所引用的重要見解，位在判決中的哪一個標題下面，清楚地寫出來。

此外，也可加上判決公布之日期，讓人更清楚知道是何時作出之判決。

例

　　臺北高等行政法院 102 年度訴字第 36 號
判決，七、（一）、3（2014/5/4）。

寫出判決理由中的標
題，方便讀者知道是
哪一段

標示判決公布日期，
方便讀者知道是哪一
日公布之判決

四、參考文獻

　　一般論文中，最後面都要附參考文獻。參考文獻應將所有論文註腳中引用過的文獻，整理排列出來。

筆者小感想

　　根據 Bluebook 規範，採頁下註的文章，由於在註腳中，已經清楚交代了文獻完整資訊，所以無須在文本後方加上「參考文獻」或「參考書目」。

　　但是我國法律期刊標準融合 APA 與 Bluebook 的標準，除了頁下註之外，還是會在正文後方加入「參考文獻」或「參考書目」。這有無必要，其實可以討論。尤其，各本期刊的參考文獻格式均不同，也造成投稿者很大的困擾。

（一）沒有引用過的文獻不可放入

　　首先，要切記一點，若論文中並沒有引用的文獻，不可列為論文最後的參考文獻。

　　若是論文計畫書中所附的參考文獻，某程度算是「預計的參考文獻」，由於是預計要閱讀的參考文獻，故可以將還沒有看的文獻列進去。但是，整本論文寫完後，最後面的參考文獻，一定是要論文中有引用過的文獻，才可放入。

（二）參考文獻分類

　　一般論文在列參考文獻時，會將參考文獻區分為中文、外文等，進行分類。假設你的外語能力很強，引用一種以上的外文文獻，則可更進一步區分為英文、日文、德國文獻。

　　而在語文進行分類後，再依據文獻的類型，可以更加細分。例如可以進一步細分為「書籍類」、「專書論文類」、「期刊論文類」、「學位論文類」……等等。但也有老師並不特別要求將文獻類別分類，亦即，只要是中文的文獻，都放在「中文文獻」下面即可，不用再進一步區分。

　　以下還有幾個列出參考文獻的規則：

1. 加編號或不加編號。
2. 中文置於前，日、英文及其他語言置於後。
3. 中、日文按姓氏筆劃、其他外文按姓名字母次序排列。
4. 年代一律以西元表示。

範例

參考文獻分類

參考文獻

中文（按姓名筆劃排序）

一、專書著作

二、期刊雜誌

三、學位論文

日文（按姓名筆劃排序）

一、專書著作

二、期刊雜誌

三、學位論文

英文（按字母次序排序）

一、專書著作

二、期刊雜誌

三、學位論文

德文（按字母次序排序）

一、專書著作

二、期刊雜誌

三、學位論文

…

…

…

…

（三）中文參考文獻的格式

在列參考文獻時，要注意參考文獻的格式。在此筆者必須指出，國內法律圈對於參考文獻的格式，並沒有統一。若觀察各法學期刊對於參考文獻格式的規範，也各不相同。

1. 作者後面要不要加年代？

舉例來說，有的會希望模仿其他社會科學文獻作法，在作者之後先括號加上年份，例如：作者（2005），…。如下：

1. 劉孔中（2007），建立資訊時代「公共領域」之重要性及具體建議，智慧財產權法制的關鍵革新，頁 1-28，元照，2007 年 6 月。

2. 劉靜怡（2011），從創用 CC 運動看數位時代的公共領域—財產權觀點的初步考察，中研院法學期刊第 8 期，頁 113-184，2011 年 3 月。

但也有一些期刊，在作者後面並不需要再加上「（年份）」。由於法律圈並沒有統一規範。我會建議，原則上參考文獻的格式，就如同註腳中的格式即可。亦即，若是期刊論文，就只要寫成：

1. 劉孔中，建立資訊時代「公共領域」之重要性及具體建議，智慧財產權法制的關鍵革新，頁 1-28，元照，2007 年 6 月。

2. 劉靜怡，從創用 CC 運動看數位時代的公共領域—財產權觀點的初步考察，中研院法學期刊第 8 期，頁 113-184，2011 年 3 月。

2. 參考文獻中應包含文獻「始末頁數」

上述說到，若沒有特別要求，參考文獻的格式，只要將註腳中引用文獻的格式，照貼到參考文獻中即可。但是有一點最大的不同在於，參考文獻中

列出一篇期刊論文，必須將這篇期刊論文的「始末頁數」列入。而註腳中引用期刊論文，則是針對所引用論點在那篇文章的第幾頁，只要引出那個論點的頁數。

因此，若是直接將註腳中的格式貼到參考文獻中，有一點務必要注意，就是必須將「專書論文」、「期刊論文」的「始末頁數」去查出來，然後寫下完整頁數。

以下是錯誤示範：

> 1. 劉孔中，建立資訊時代「公共領域」之重要性及具體建議，智慧財產權法制的關鍵革新，頁 12，元照，2007 年 6 月。　　沒有始末頁數
>
> 2. 劉靜怡，從創用 CC 運動看數位時代的公共領域—財產權觀點的初步考察，中研院法學期刊第 8 期，頁 116，2011 年 3 月。

上述例子，最大的錯誤在於，只有列出註腳所引用的頁碼，但於參考文獻上必須將期刊或專書論文（論文集）的起訖頁碼寫清楚。

以下是正確示範：

> 1. 劉孔中，建立資訊時代「公共領域」之重要性及具體建議，智慧財產權法制的關鍵革新，頁 1-28，元照，2007 年 6 月。　　有始末頁數
>
> 2. 劉靜怡，從創用 CC 運動看數位時代的公共領域—財產權觀點的初步考察，中研院法學期刊第 8 期，頁 113-184，2011 年 3 月。

上例中，明確地將羅列於參考文獻中的期刊起訖頁皆標明無誤，這樣才是正確的格式。

3. 書籍和學位論文不需要頁數

參考文獻中，若是書籍和學位論文，不需放入頁數，僅有在註腳引用時才須標名引用的頁數。

以下是錯誤的示範：

1. 吳俊穎等著，清官難斷醫務事？—醫療過 失責任與醫療糾紛鑑定，頁 50，元照出版 社，2013 年 9 月。	[1] 不需要有頁數
2. 張家維，醫療糾紛處理及事故補償法制之 研究—以美國法制為中心，頁 111，國立雲林 科技大學科技法律研究所碩士論文，2014 年 6 月。	[2] 不需要有頁數

上例中的錯誤在於標出頁數，但在參考文獻中的書籍與學位論文是不需要的。

以下是正確的示範：

1. 吳俊穎等著，清官難斷醫務事？—醫療過失責任與醫療糾紛鑑定，元照出版社，2013 年 9 月。
2. 張家維，醫療糾紛處理及事故補償法制之研究—以美國法制為中心，國立雲林科技大學科技法律研究所碩士論文，2014 年 6 月。

第十二章　英文引註格式

一、剪貼外文註腳

　　引用註腳最嚴重的問題，不在於格式錯誤，而在於大量剪貼他人註腳。其所剪貼的註腳，往往根本都沒有自己看過該文獻，是從別人文章上看到的註腳，自己不願意花時間把該註腳中所提到的文章找出來看，就把他人的註腳剪貼為自己的註腳。

　　這種註腳剪貼的行為，違反學術倫理。但通常，若剪貼的是他人所引用的中文文獻，也許不容易被發現。因為我們很難質疑，你自己沒看過這篇中文文獻。但是，如果剪貼的是英文註腳，就很容易被老師們發現。因為，會去剪貼他人英文註腳，可能是英文程度不好，或不清楚註腳的重要性。同學可能連該英文所代表的意思都不知道。

　　常常，我受邀口試在職班的學生論文，我發現，大部分的文獻都是引用中文文獻，卻偶爾出現一、二個英文文獻。我就很好奇，如果你大部分都只會閱讀中文文獻，不太可能中間穿插讀一、二篇英文文獻。因此，我懷疑他的英文註腳是剪貼的。

　　我在口試學生論文時，問的第一個問題，就是詢問同學：「你註腳 230 中的『William Fisher, *supra* note 5, at 136.』中，你知道『*supra* note 5』代表什麼意思嗎？」該同學當下傻住，無法回答「*supra* note 5」代表的意思。我跟他說，「*supra* note 5」代表的是中文「前揭註 5」的意思。可是你的註 5 的文獻，並不是 William Fisher 寫的文章，表示這個註腳極有可能是剪貼他人文章中的註腳。

　　會發生這種剪貼他人文章中註腳的現象，可能出於一種心理，就是該學生認為自己的論文都沒有引用外文資料，感覺很心虛，不想讓人覺得程度不好，所以要偷剪貼別人文章中所引用的外文文獻。但因為學生根本不懂這些英文符號所代表的意思，就隨意剪貼。可是在老師眼中，一下就可以看出你到底是剪貼他人註腳，還是自己真的看過這篇文獻。所以，誠實引用，是寫論文的重要原則。

二、Bluebook 格式

英文的引註格式通常是依據美國 Bluebook 的格式要求，所以在我國也都是遵循 Bluebook 的引註方式。

所謂的 Bluebook，是美國哈佛大學、耶魯大學、賓州大學以及哥倫比亞大學這四所的法學院所制定的《The Bluebook Citation：A Uniform System of Citation》，也是俗稱所謂的「Bluebook」或「藍皮書」。

以下將說明各類常用之引註格式。

（一）期刊論文

期刊的引註應為「author's name(作者名), essay(文章名), 期數期刊名 , 期刊起始頁 , 引用頁碼 (年份).」。

例

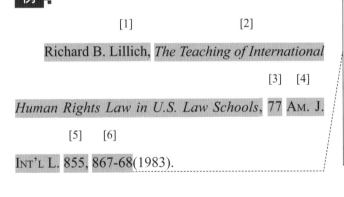

[1] 作者名
[2] 文章名
[3] 第幾期
[4] 期刊縮寫
[5] 該篇論文在該期之第一頁
[6] 現在所引用之頁數

1. 期刊縮寫

英文期刊的引註方式很特別，第幾期的期數放在期刊名前面，而期刊名是採取期刊的縮寫名稱。期刊名後面標記這一篇文章在期刊中的起始頁是第幾頁。例如，上面的「77 Am. J. Int'l L. 855」，77 代表的是第 77 期，「Am. J. Int'l L.」代表的是期刊名稱「American Journal of International Law」的縮寫。

而一本期刊，等同於一本書，其格式與書的格式一樣，會將期刊名以「小型大寫字」處理。像「77 Am. J. Int'l L.」這個字體就是小型大寫字。

2. 起始頁

855 是這篇文章在第 77 期中文章開始的第一頁。美國的法律引註中，會以「77 Am. J. Int'l L. 855」代表這篇文章的縮寫，在資料庫查詢時，只要輸入「77 Am. J. Int'l L. 855」就會跑出上面這篇文章。

3. 引用頁數

上面的「855」是這篇文章的起始頁，但你真正引用的頁數，是「867-68」，也就是第 867 頁和第 868 頁才是你真正引用的頁數。美國人習慣在頁數引用時將重複的省略，所以不寫「867-868」，而只寫「867-68」。這個頁數，是在起始頁後以逗號隔開，再寫上所引用的頁碼，這樣就是完整的期刊引用。所以才會出現上述的「77 Am. J. Int'l L. 855, 867-68」。

4. 年份

在最後面，則放上該篇文章的年代，是 1983 年。美國引法不強調幾月出刊，只需要放上年份，放在半形的括號內。最後，別忘了在 (1983) 後面加上英文的句號 (.)。

（二）書籍

引註方式為「author's name(作者名), Book(書籍名稱) page(頁碼) (版次 edition, 年 year).」。

例

[1]

Jeffrey L. Dunoff, International Lam: Norms,

[2] [3][4]　[5]

Actors, Process 28-29 (2nd ed. 2006).

[1] 書籍名稱
[2] 留一空格
[3] 頁碼
[4] 留一空格
[5] 版次

1.　書名的字體

　　美國人習慣上，凡是一本書，均會用 word 中的「小型大寫字」，作特殊處理。讓人一看到這種看似每個字都大寫的「小型大寫字」，就知道這是一本書。例如上面的「INTERNATIONAL LAW: NORMS, ACTORS, PROCESS」，原本的字體為「International Law: Norms, Actors, Process」，經過 word 中選「字型」，在效果一欄下勾選「小型大寫字」，就會變成「INTERNATIONAL LAW: NORMS, ACTORS, PROCESS」。

2.　作者的字體

　　甚至有的人認為，書的作者，也應該用小型大寫字。那麼，上述的例子就會變成「JEFFREY L. DUNOFF, INTERNATIONAL LAW: NORMS, ACTORS, PROCESS」。

3.　書的頁數

　　在寫完書籍名稱後，無須再以小寫逗號將書籍名與頁碼隔開，而是以空格隔開。

　　當頁碼寫完後也是以空格方式隔開，再將版次與年月以括號方式呈現。例如 (2nd ed. 2006)。

[1]

　　仔細看上述的例子，「INTERNATIONAL

[2] [3]

LAW: NORMS, ACTORS, PROCESS 28-29」，

| [1] 書籍名稱 |
| [2] 留一空格 |
| [3] 頁碼 |

書名和頁數之間，並沒有「,」（逗號），也沒有「at」。

（三）專書論文

　　引註方式是「author's name(作者名), essay(文章名), in chief editor (in 論文集編者名), book(論文集名) page(頁碼) year(年).」。

例.

	[1]	[2]

S. Annand, *The Protection Role of the Indian*

[3]

Human Rights Commission, in Bertrand G.

[4]　　　　　　[5]

Ramcharan (ed.), THE PROTECTOIN ROLE OF

[6] [7] [8]

NATIONAL HUMAN RIGHTS INSTITUTIONS 87-88 (2005).

[1] 作者名
[2] 文章名
[3] 論文集編者名
[4] (ed.) 為 editor 的縮寫係
指主編
[5] 論文集名
[6] 留一空格
[7] 頁碼
[8] 留一空格

　　論文集中的論文，要先把該文章名寫出來，然後寫收於哪個人所編的論文集。上例中的「in」就是「收錄於」的意思。

　　而該論文集要表達出是誰編的，故寫「Bertrand G. Ramcharan (ed.)」，再接著寫書名。

　　後面書名與頁數的方式，與一般專書的引用方式相同。書名記得要大寫，書與頁數之間不要有逗號（,）。

（四）連續引用

　　若緊接著同上文獻，一般都是用 *Id.* at XX. 來呈現。舉例如下：

---

[14] David A. Hyman & Charles Silver, *Medical Malpractice And Compensation In Global Perspective: How Does The U.S. Do It?*, 87 CHI-KENT L. REV. 163, 175 (2012).

[15] *Id.* at 177.

[16] *Id.* at 178

[17] *Id.* at 179

在上例中，註 15 到註 17，均是連續引用註 14 的同篇文章，而且是緊跟著註 14，此時引用的方式為「*Id.* at XX.」。

（五）相隔其他文獻再次引用

若相隔其他文獻再次引用時，跟中文的引用邏輯一樣，要先寫出「author」，然後寫「*supra* note 18」（前揭註 18），再寫「at 166」（頁 166）。

「author, *supra* note 18」的意思，就是表達是哪一個作者的哪一篇文獻，而不用寫出文獻的全部資訊，因為該篇文獻的完整資訊已經在 note 18 完整呈現了。

例如：

---

[18] David A. Hyman & Charles Silver, *Medical Malpractice And Compensation In Global Perspective: How Does The U.S. Do It?*, 87 CHI.-KENT L. REV. 163, 175 (2012).

[19] 其他文獻。

[20] 其他文獻。

[21] David A Hyman et al., *supra* note 18, at 166-67.

從上例中可看到引註 21 是要用引註 18 的「David A. Hyman & Charles Silver, *Medical Malprctice And Compensation In Global Perspective: How Does The U.S. Do It?*, 87 CHI.-KENT L. REV. 163, 175 (2012).」，因為中間隔著註 19 及註 20 是其他人的文獻，所以必須寫成「David A. Hyman et al., *supra* note 18, at 166-67.」。

另外，下面又是一個例子，同時呈現「連續引註」，和「相隔其他文獻引註」的不同。

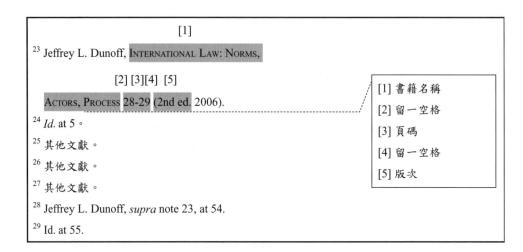

[1]
[23] Jeffrey L. Dunoff, INTERNATIONAL LAW: NORMS,

[2] [3][4] [5]
ACTORS, PROCESS 28-29 (2nd ed. 2006).
[24] Id. at 5。
[25] 其他文獻。
[26] 其他文獻。
[27] 其他文獻。
[28] Jeffrey L. Dunoff, supra note 23, at 54.
[29] Id. at 55.

[1] 書籍名稱
[2] 留一空格
[3] 頁碼
[4] 留一空格
[5] 版次

（六）判決引註

英美法國家，尤其是美國，非常重視判決的引用。一篇論文中，引用判決的次數，通常高於引用期刊論文的次數。因此，正確引用判決，是非常重要的。

1. 判決名稱

美國的判決名稱，是以原告（或上訴人）和被告（被上訴人）的名稱，作為判決的名稱。所以，通常中間會以「v.」這個符號。例如，「Brown v. Helvering」就是一個判決名稱。

2. 判決集的本數與頁數

美國的判決代號，是以其刊登的判決集系列的第幾本和頁數所組成。例如「127 S. Ct. 1769」這個就是一個聯邦最高法院的判決代號，其代表這個判決是登在「S. Ct.」這個判決集（縮寫）的第 127 本，該判決的第一頁是在第 1769 頁。

3. 法院與年代

在引用美國判決時，最後面會放上判決的法院縮寫與年代。例如，「(Fed. Cir. 1988)」代表的是聯邦巡迴上訴法院（Court of Appeals for the Federal Circuit）於 1988 年的判決。

4. 聯邦最高法院判決

以下列出幾個聯邦最高法院判決的引用例子。

例 1

Brown v. Helvering, 291 U.S. 193, 203 (1934).

「291 U.S. 193」是典型的最高法院判決代號的呈現方式，其登於正式的「U.S.」這個系列的第 291 本，判決第 1 頁是 193 頁，而其所引的是第 203 頁。

例 2

John Doe Agency v. John Doe Corp., 493 U.S. 146, 159-60 (1934) (Stevens, J., dissenting).

美國法院會有多數意見與協同意見（courneering opinion）與不同意見（dissenting opinion）。上述例子中的「(Stevens, J., dissenting)」代表引用的第 159 到 160 頁，是 Stevens 大法官所寫的不同意見。

例 3

Scott v. Harris, 550 U.S. 372; 127 S. Ct. 1769 (2007).

美國最高法院的判決集系列（U.S.），往往等四、五年才出一本，所以如果是比較近年的判決，有時候會登在另一個「S. Ct.」系列。例如，上例

中，因為是 2007 年的判決，就先登在 S. Ct. 這個系列的第 127 本。等到正式
「U.S.」這個系列出來後，就登在「U.S.」這個系列的第 550 本。

　　一般聯邦最高法院一作出新判決，很多人急著引用，所以就會有各種
版本的判決集及頁數，最多可能有四種版本的頁數。原則上，不同版本的頁
數，會以比較常引用的方式排在最前面，依序排列。例如在上例中，既然已
經有「550 U.S. 372」這個系列的頁數，就盡量不要引用「127 S. Ct. 1769」這
個系列的頁數。

5. 聯邦上訴法院

　　美國共有十三個聯邦巡迴上訴法院（United States courts of appeals），除
了第一到第十一巡迴區（circuits）上訴法院外，還有一個華盛頓區（D.C.），
和專管專利訴訟的聯邦巡迴上訴法院（United States Court of Appeals for the
Federal Circuit）。在引用其判決時，比較特別的，是在判決最後要幫每一個
法院列出其縮寫。

例 1

Or. Steel Mills, Inc. v. United States, 862 F.2d 1541 (Fed. Cir. 1988).

在上例中，「Fed. Cir.」就是聯邦巡迴上訴法院的縮寫。

例 2

Shames v. Cal. Travel & Tourism Op. Comm'n, 607 F.3d 611 (9th Cir. 2010).

在上例中，就是第九巡迴上訴法院的判決。

6. 判決重複引用方式

　　美國判決重複引用方式也很特別。如果是在第一次判決出現時，要附上
完整資訊，連續引用時，只需要寫「*Id.* at 203」這種方式，表示同上判決，
頁多少。

例 1

第一次出現　　*Brown v. Helvering*, 291 U.S. 193, 203 (1934).

連續出現　　　*Id.* at 203.

　　　　　　　Id. at 204.

間隔其他文獻再出現 *Brown*, 291 U.S. at 205.

　　若間隔其他文獻，再次引用該判決時，切記，並非使用「*supra* note 5」這種方式。而是要將判決名稱再縮短，提醒讀者是前面的哪個判決，但不用將完整的判決資訊重貼一次。

　　例如在前述的 *Brown v. Helvering*, 291 U.S. 193, 203 (1934). 判決，間隔其他文獻時，再引用，不用把原被告的姓名再寫一次，只要寫原告的姓名，而判決集的資訊，也只需要保留前半段「Brown, 291 U.S. at 205.」。

例 2

第一次出現

Opticians Ass'n of Am. v. Ind. Opticians of Am., 920 F.2d 187 (3d Cir. 1990).

間隔其他文獻再出現

Opticians Ass'n, 920 F.2d at 187.

（七）法規與官方報告

　　美國的法規引用方式，除了聯邦法律、聯邦行政命令，還有各州的州法，還有各種官方報告資訊，每種格式都不同。基本原則上，通常你一定是透過其他文獻介紹，才知道存在這個美國法規或官方資訊，此時，你就參考他人如何引用，學習用類似的方式跟著引用。以下，我直接列出各種法規的例子。至於背後的規則與邏輯，無法細說。

1. 聯邦憲法

美國聯邦憲法包括憲法本文與增修條文。憲法的英文是 constitution，憲法條文最上層的條文使用 article，其次是 section，其次是 clause。憲法增修條文是 amendment。所以在引用時，會用上述這些字的縮寫，包括用「§」代表 section，用「cl.」代表 clause。

例

U.S. Const. art. III, § 2, cl. 2.

U.S. Const. amend. XIII, § 2.

2. 聯邦法典（**United States Code**）

美國聯邦法律，會按照主題區分為 50 本，每次的聯邦修法，會按照這 50 個主題插入 50 本聯邦法典中。因此，其法條的引法，會寫出是聯邦法典第幾本第幾條。

例

42 U.S.C. § 405(c)(2)(C)(ii).

42 U.S.C. § 405(a).

3. 聯邦行政命令（**code of federal regulation**）

美國聯邦的行政命令，和聯邦法律一樣，都區分為 50 個主題，所有通過的行政命令，也會編入 50 本聯邦行政命令彙編。因此在引用時，要先寫出是哪一本聯邦行政命令，再寫出第幾條。而由於行政命令過多，其實每一個大條，下面還會有更細緻的條文。所以會出現「§ 404.260」這種條號。

例

20 C.F.R. § 404.260.

49 C.F.R. § 236.403.

4. 各州州法

各種州法的法典編排方式非常不一樣，但基本上要先把該州的州名寫出來，再按照各州州法典的編排方式，引出條文。

例

Iowa Code § 602.1614.

N.Y. U.C.C. Law § 1-101.

Cal. Com. Code § 1101.

（八）網路文章

網路資訊的引法，美國有明確的規範。其大致可以分為二種：

1. 可獨立下載的文章

如果是一個網路上可獨立下載的文章或書籍，那麼其引用方式，仍然比照其文章或書籍的引用方式，只是最後要附上下載的網址。

例

Steve Kenney & John Borking, *The Value of Privacy Engineering*, 2002(1) J. INFO. L. & TECH., http://www2.warwick.ac.uk/fac/soc/law/elj/jilt/2002_1/kenny.

2. 直接線上閱讀的網頁資訊

若是直接線上閱讀的網頁資訊，就要把作者、文章名、所屬網站、網址、最後瀏覽日等，逐一列出。

例

American Bar Association, Section on Legal Education and Admissions to the Bar, Statistics, http://www.americanbar.org/groups/legal_education/resources/statistics.html (last visited Oct. 15, 2014).

　　上例中，「last visited Oct. 15, 2014」就是「最後瀏覽日：2014 年 10 月 15 日」的意思。為何有時候引用網頁要加上「last visited」有時候卻不用？因為，如果網路上是一個可獨立下載的文章或書籍，其本身已經有公開發表日期，那就直接引用其公開發表日期，而不用再標示最後瀏覽日期。但若網頁的內容不確定其正式公開發表的日期，那就要明確地寫出最後瀏覽日期。

三、其他注意事項

（一）常見錯誤

引用英文文獻常見的錯誤，常常是少了標點符號，或者標點符號打成中文的逗號或句號。在英文引註時，每一個資訊的中間，都是用半形的逗號（,）隔開，而且最後一定要有一個英文的句號（.）。其實，上述所介紹的各種英文文獻的引用方式，也許你大致都看得懂了，但真正在引用時，卻可能打錯一個標點符號，或者漏了「空半格」。要正確的引用，還是要多多練習。

（二）其他詳細格式

本書沒辦法將所有 Bluebook 中的詳細引用格式，一一說明。其實很多更細緻的規定，我自己也沒有全部參透。有興趣的同學，可以買一本原版的 Bluebook，並詳細閱讀。

當然，其實也不需要真正花錢買原文書。我推薦一個網站，是美國康乃爾大學法學院建構的 Law Information Institute 裡面的「Basic Legal Citation」區。裡面簡單說明常用的法律英文文獻，並舉了很多例子說明引用的方式。（網址：http://www.law.cornell.edu/citation/index.htm）

第十三章　論文的掛名

近十年來，臺灣出現許多違反學術倫理的重大案件，涉及教育部長、台大校長等人。2014 年教育部長蔣偉寧事件中，涉及的問題是利用論文投稿系統造假，但之所以會鬧出大新聞，是因為出事的論文給教育部長蔣偉寧掛名。2017 年台大校長楊泮池事件中，涉及的問題是論文影像和照片造假，但之所以會波及到楊泮池，是因為楊泮池掛名了其中多篇有問題的論文。

設想，倘若這些論文沒有掛名學界大老，也許出了事情，大家覺得只是學界的小咖違反學術倫理，而不覺得多麼嚴重；但就是因為這些出問題的論文，同時又給學界大老掛名，才引發嚴重後果。導致現在所有學界新人、新助理，都必須先上學術倫理課程 6 小時。

論文作者掛名問題，各學界有不同的潛規則。在理工、商管領域，老師和學生掛名論文很普遍，一篇文章通常有二個以上作者，導致出現亂掛名的問題。

而法律學界的風氣，老師必須自己寫作，不和學生掛名。因而出現了另一種問題，學生所寫的文章，老師奪為己用，不放學生的名字，不肯定學生的貢獻。

到底誰可以擔任論文的作者？不同學門的習慣，均有不同的看法。

一、誰可以擔任論文的作者

（一）不同學界的慣例不同

其他學門如何認定論文的作者呢？在教育部推動的校園學術倫理推動與發展計畫，所制訂的統一教材中，提出了各個學門對於論文作者的不同看

法。首先其先提出：「目前學術研究界對於誰有資格可以掛名為論文作者，並沒有統一的定論，不同領域間也存在一些相衝突的認定標準。然而，一個核心的共同準則是：論文作者必須對該研究具有實質的貢獻。[1]」

由於台大校長楊泮池事件，導致 2017 年時，教育部與科技部對論文掛名問題進行檢討。但是又為了尊重各個不同學門對掛名的認知，所以雖然教育部和科技部修改了學術倫理的相關規範，還仍然給予各學門某程度的空間。

（二）教育部

教育部在 2017 年 5 月 31 日修改了「專科以上學校學術倫理案件處理原則」，其中在第 4 點，對論文的掛名有所規範：「

四、對所發表著作具實質貢獻，始得列名為作者。學生學位論文之部分或全部為其他發表時，學生應為作者。

所有作者應確認所發表論文之內容，並對其負責。著作或學位論文違反學術倫理經查證屬實時，相關人員應負下列責任：

（一）列名作者應對所貢獻之部分，負全部責任。

（二）列名作者其列名未符合國內外標準者，雖未涉及或認定其違反學術倫理，惟於因列名於發表著作而獲益時，應負擔相應責任。

（三）重要作者兼學術行政主管、重要作者兼計畫主持人，對所發表著作，或指導教授對其指導學生所發表之學位論文，應負監督不周責任。」

1. 這個條文一方面提醒老師，學生寫的碩士論文和博士論文，老師拿去修改發表，學生應為共同作者，老師不可不放學生名字，將自己成為單一作者。

---

[1] 台灣學術倫理教育資源推廣中心，教學簡報：15. 作者的定義與掛名原則，第 11 頁，https://ethics.nctu.edu.tw/。

2. 這個條文不敢去定義就論文哪方面有貢獻才能擔任作者，而只寫「對所發表著作實質貢獻」，就可以擔任作者。並沒有限定一定是論文的撰寫者，才是作者。

3. 這個條文規定，將來論文出包被發現違反學術倫理各種問題時，由各作者對自己負責的部分，負全部責任。某程度似乎認為，如果不是自己負責的部分出問題，自己就不用負責。但是，其又規定，如果論文掛名不符合國內外標準，但因為論文掛名而獲益時，仍然要負責任。

4. 這個條文最奇怪的地方在於，指導教授要對指導學生所發表學位論文，負監督不周責任。問題是學生寫論文剪剪貼貼，老師一再勸阻，學生不聽，還怪老師為何不讓學生畢業。結果畢業後學生的爛論文出包，老師也要負責。這個條文寫的極沒道理，只是想讓老師不敢再亂收學生而已。

（三）科技部

　　科技部在 2017 年 11 月 13 日，公布新版的「科技部對研究人員學術倫理規範」，其中在第 9 點，對論文作者的掛名，有比教育部更清楚而嚴格的規範。

　　「9. 共同作者列名原則及責任：共同作者應為對論文有相當程度的實質學術貢獻（如構思設計、數據收集及處理、數據分析及解釋、論文撰寫）始得列名。基於榮辱與共的原則，共同作者在合理範圍內應對論文內容負責，共同作者一旦在論文中列名，即須對其所貢獻之部分負責，以下為原則性提示，惟共同作者列名 應依其個案情形、領域特性及投稿期刊要求而有差異：

　　（1）共通原則：共同作者之列名原則、排列順序、責任歸屬等應依研究人員所屬專長領域之規範或學術慣例為準。

　　（2）列名原則及責任歸屬：

　　A. 必須參與研究或對論文有實質貢獻：

  a. 主題構思、理論推導、實驗設計（或執行），或資料蒐集分析與詮
   釋；

  b. 論文撰寫，或修改論文之重要內容；

  c. 同意論文的最終版本（需審閱論文初稿）；

  d. 同意研究中的所有論點，確保研究資料之正確性或完整性。

B. 共同作者應具體敘明自身貢獻，並同意排列順序後始得列名。

C. 排列順序：依貢獻度，或依約定。

D. 責任歸屬：列名作者均應負相應責任，

  a. 第一作者（含共同第一作者）及通訊作者（含共同通訊作者）為主
   要貢獻者，應負全責（或相應責任）；

  b. 共同作者須對其所貢獻之部分負相應責任。」

  此一新規範指出，必須對「a. 主題構思、理論推導、實驗設計（或執行），或資料蒐集分析與詮釋；b. 論文撰寫，或修改論文之重要內容」有實質貢獻者，才可以列名為作者。反之，如果對這些項目沒有實質貢獻，則不可以擔任論文的作者。

二、法律界的問題

法律界屬於人文社會科學，法律論文強調作者個人的思考、論述與見解，所以，法律習慣單一作者，不習慣二人以上作者。因此，在法律圈，比較容易出現的問題，就是老師用學生的論文，或學生寫的初稿，進行修改潤飾，自行發表，並沒有放學生的姓名。又或者，老師因研究計畫聘請研究助理，由助理蒐集資料，撰寫初步的學者見解整理等，但老師發表時，可能也沒有讓學生擔任共同作者。

（一）法律學者看法

著作權法第 10 條之 1：「依本法取得之著作權，其保護僅及於該著作之表達，而不及於其所表達之思想、程序、製程、系統、操作方法、概念、原理、發現。」法律學者因而說，只有參與寫作（具體表達）者，才是作者；提供思想、方法、概念、原理、發現者，不是著作權法上的作者。

例如，黃銘傑教授認為，倘若教師之指導，僅及於思想、觀念之開導，難認為已達到具體表達程度時，則著作人當為該研究助理[2]。章忠信教授認為，觀念的指導很重要，但沒有參與執筆論文表達，就不能掛名共同作者[3]。姚信安教授認為，學術界常見指導教授與受指導學生聯名發表論文，即便老師於學生論文寫作過程當中曾經提供觀念上之指導，但未於論文內容當中以一定之表現形式形諸於外時，由於著作權法僅保護著作之表達，不及於所表達之觀念，無法成為聯名發表論文之共同著作人[4]。

---

[2] 黃銘傑，著作權法與學術倫理面面觀，人文與社會科學簡訊，12 卷 2 期，頁 7，2011 年 3 月。

[3] 章忠信，「共同作者」論文掛名怎麼規範？，著作權筆記網站，2014 年 7 月 17 日，http://www.copyrightnote.org/ArticleContent.aspx?ID=2&aid=2756。

[4] 姚信安，共同掛名之著作不等於共同著作，台灣法學雜誌，260 期，頁 80，2014 年 11 月。

（二）法院觀點

法院認為，老師在課堂上講授觀念，為觀念指導，而若是學生自己撰寫，則只有學生才是著作人，老師並非著作人。這樣的見解，起因於中正大學法律系案。

在中正大學法律系案中，老師找國外判決，發給學生閱讀，課堂指導閱讀，並討論觀念，學生寫成報告，老師拿來作為自己計畫、論文使用。該案二審判決智慧財產法院 98 年度民著上字第 8 號民事判決認為：「上訴人雖主張其曾於上課期間講授系爭論文之內容，被上訴人係根據上訴人上課講授內容始完成系爭報告，……被上訴人撰寫系爭報告係透過上課過程之口頭報告後，再由教師引導講授，繼而於課堂討論激發國際私法相關問題及概念，上訴人既未能舉證證明其於授課時所口述之內容已符合受著作權法保護之語言著作，則被上訴人將課堂討論所得之概念，以其個人風格形諸於文字加以表達……縱系爭報告所敘述之理論，與被上訴人自承引用之學者理論相悖，此乃學生學期報告缺乏學術嚴謹度之問題，尚不得以此即謂被上訴人之系爭報告不具原創性。」

後來上訴到最高法院，最高法院 99 年度台上字第 2109 號民事判決提出關鍵見解：「按學生在校期間，如果教師僅給予觀念之指導，而由學生自己搜集資料，以個人之意見，重新詮釋相同想法或觀念，而以文字表達其內容，撰寫研究報告，則學生為該報告之著作人，應受著作權法之保護，享有、行使著作權。」而這則重要判決，後來也被其他判決反覆引用，而成為重要的標準。

（三）筆者觀點

1. 學生論文老師修改投稿

個人認為，研究生的論文，如果老師有認真指導，從題目設定、文獻蒐集、論文架構、文章修改等，老師都有相當程度參與，可以與學生成為共同作者。老師並不一定要自己撰寫，也應該可以擔任共同作者。

　　前述法院認為，只有學生撰寫報告，老師沒有撰寫，所以老師不是共同作者，我認為這個看法是接近法律圈「自己論文自己寫」的觀點，但並不正確。論文的貢獻並不只有在於撰寫，應該還包括重要的思考、論述、論點等發想。

2. 學生擔任計畫助理協助資料蒐集與初步整理

　　雖然在前述其他學門領域中，認為資料蒐集也許可以是作者，但是在法律領域中，比較重要的還是提出想法的人。所以，如果學生是在研究計畫中協助老師蒐集資料或者初步分析整理這些資料，但還是由老師進行整體論文的架構、論述的進展與提出個人觀點，通常法律界不會讓學生擔任共同作者。但是比較好的老師，會在致謝詞中，感謝協助蒐集資料、初步整理資料的研究助理或學生。

第十四章　準備申請博士班

一、想考國內博士班？

最近有幾個碩士班即將畢業的同學，或者剛畢業沒多久的同學，跑來請教我，如何準備國內法學博士班的考試，或者請教我對念國內博士班的看法與建議。

對於這些來詢問的同學或學弟妹，我都要先問他們：你們為何想念博士班？是想當學者嗎？還是只是想拿個博士學位光宗耀祖？

1. 如果答案是：「我想當學者。」

那我會很直接地告訴你：「千萬別念國內的博士班。」

我會這樣說，並非因為我看不起國內的博士班，事實上我自己就是臺灣大學的本土博士，我自認為在臺灣，只要跟對老師，你一樣能學到去國外才能學到的法學知識與研究能力。但既然如此，我為何還是會斷然地建議，不要念國內的博士班？

因為我自己深知，本土博士被歧視的嚴重性。而且，現在臺灣出現少子化現象，教職越來越少，流浪博士滿街跑。難得開出一個教職缺，學校一定優先選擇國外博士，而不會給本土博士機會。所以我可以說，若想念本土博士是想當教職，幾乎是死路一條。

若是想當學者，還是得去國外進修。（我居然自己都講出這麼歧視性的建議，自覺慚愧。）但我們必須面對現實。我自己是本土博士，是因為一直努力寫論文，發表不錯，才勉強取得教職機會。但是在我之後畢業的博士班學弟學妹們，面臨少子化的衝擊，學校員額緊縮，甚至原本已經找到私立學校教職的學弟妹，都面臨被資遣的命運。既然如此，你若念博士班是想當教

職，容我無情地再說一次：「千萬別念本土博士班。」

2. 如果答案是：「我就是想繼續唸書，想拿個學位而已。」

想唸書是好事，但是這時我就會反問：「那你碩士班時，怎麼不好好唸書，不好好寫論文？」

這是什麼意思呢？意思是說，有太多的碩士班學生，在唸碩士期間，不願意下苦工，不願意提升自己的外文能力、研究能力，而只是想快快畢業。因此，碩士論文的品質，並不特別出色。如果碩士論文的品質不出色，要如何在多人報考博士班的激烈競爭下，脫穎而出呢？

國內有招收法學博士班的學校並不多，而且每年招收的名額也不多。但每年畢業的法學碩士（包括一般生、再職生、非本科畢業生直攻碩乙班），應該超過 1000 個。但國內每年的法學博士班名額，一年應該不超過 30 個。若碩士畢業生裡面有 50 個想申請博士班，你如何在這 50 個人裡面，脫穎而出？你第一個要做到的，至少你的碩士論文要寫得比平均值好。但若你的碩士論文沒有寫得比平均值好，那個博士班面試的老師，為何要收你？

畢竟，面試的老師也會心想，這個博士生收進來，可以幫我做什麼計畫，可以幫我做什麼研究？但若你在碩士班期間，只為了快速畢業，不願意苦讀外文，不願意練研究的基本功，那如何取得博士班面試老師的歡心？

因此，我會建議，若真想考博士班，那麼，請在碩士班期間，把馬步打穩，把某種外文能力提升起來，確定可以閱讀某種外文的法學文獻，再決定考國內博士班。

3. 建議嘗試投稿期刊，並繼續苦讀外文

但某些同學，如果當年唸碩士班時，沒有想那麼多，只為了快點畢業，就快點寫出論文，而沒有把一些外文研究的必備基本功練紮實，現在過了幾年之後，又想要念博士班，而且純粹是想要繼續唸書，那該怎麼辦呢？

這時我會建議，雖然你當年的碩士論文沒認真寫，功夫練得不紮實，但現在還可以補救。你現在可以一方面，繼續苦讀外文，提升實力；另方面，

試著將自己當年的碩士論文中，比較精彩的部分，拿出來繼續改寫、補寫，投稿國內期刊。如果能夠投稿上一兩篇國內期刊，就顯示你還是有獨立思考批判能力，並可以顯得與其他碩士班畢業生與眾不同。在博士班書面審查時，審查老師看到你曾經發表一、二篇期刊論文，絕對會給你較高的分數。

我在碩士班時間，每學期的報告，覺得寫得不錯的，都拿去投稿。當時我投稿的都是不用審稿的期刊，包括當時的憲政時代、律師雜誌、法令月刊，甚至還寫了一篇很不成熟的書評。碩士班期間我一共發表了五篇論文。雖然這些文章都不成熟，但都還有論點，只是文獻引註並不嚴謹。不過並不會因為這樣，人家就看不起我，反而覺得我是有想法、有學術潛力的人。也因為如此，我的博士班面試成績是第一名，但因為筆試成績很差，最後平均起來，吊車尾考上臺大博士班。

由於現在少子化，國內博士班的老師也不敢隨便讓學生畢業，因為讓學生畢業也是失業，找不到教職。因而，對畢業門檻的要求越來越高，通常要求在畢業前必須至少投稿上一篇 TSSCI 級刊物，以及另外一篇有審稿制度之刊物。

所以，若想考博士班，不要一直想著要找誰寫推薦信，要找誰去關說。就算靠推薦、靠關說，進了博士班，試想，若沒有紮實的研究能力，也畢不了業，這又何苦？

二、嘗試投稿

上述提到，若想考博士班，最好能多嘗試投稿，可以讓自己申請博士班的資料更為亮眼；另外，也為可順利從博士班畢業提早做準備。以下，我簡單介紹一下在臺灣投稿研討會或期刊論文的一些情況。

（一）研討會

管理科學常常舉辦研討會，並且規定碩士班畢業一定要到外面研討會發表論文。因此，管理學界常常舉辦大型的研討會，對外徵稿，讓不同學校的碩士研究生，都可以投稿。而這種大型研討會所接受的文章，可能高達100篇。甚至可以同時有四個發表場地，每個場地發表5篇，同一個時段就可以發表20篇論文。

這種管理學界的大型研討會，由於對外公開徵稿，身為管理學的學生，不怕沒地方發表。而且這種研討會為了回收成本，會要求發表人要繳交發表費用，亦即，不但沒有論文稿費，反而要自己出錢才能發表。

不過，法律圈與管理學界不同。法律圈很強調老師的身分地位，因此，通常舉辦研討會，不會公開徵稿，而是主辦人自己找人來發表。而主辦人會找的人，就是他認為「ok」的學者。所以法律圈的研討會，碩士學生絕對沒有機會上台，連比較後段學校法律系的老師，知名度稍低的，也沒有機會發表，因為沒有人會邀請他去發表論文。

因此，一個剛拿到碩士學位的學生，如何有機會可以在研討會發表呢？原則上，法律圈的研討會雖然徵稿的不多，但偶爾還是會有幾個研討會是徵稿的。例如，交通大學科技法律系每年舉辦的全國科技法律研討會，就是全國公開徵稿。碩士生可以把自己的碩士論文精華，嘗試改寫後拿去投稿。

此外，法律圈雖然沒有公開徵稿的研討會，但與「法律沾邊」的學門，卻可能舉辦公開徵稿的研討會。例如，政治學界、公共行政學界，偶爾也會有學校舉辦大型公開徵稿的研討會。研究憲法、行政法的學生，就可以把握

機會，嘗試投稿。另外，科技管理、資訊管理學門所舉辦的大型研討會，也會涵蓋科技法律、智慧財產權等議題，若是研究科技法律、智慧財產權的同學，也可以嘗試，主動去爭取這種其他學門的公開研討會。

雖然這種到其他學門舉辦研討會去發表論文，並沒有太多法律圈的聽眾。但重點不在於有沒有人聽，而在於對自己的發表訓練，並爭取一個發表的紀錄。這樣在申請博士班或未來其他研究工作上，不無小補。

（二）期刊論文

法律圈的期刊論文，大多都以中文為發表語言。臺灣的法律圈期刊，大約有 50 本刊物。這 50 本刊物中，又可以加以區分。

第一，約有 6、7 本，屬於 TSSCI 等級的刊物，屬於最難投的期刊。

第二，每個法律系大概都會出版自己系上的學報，這類的學報，大約有 20 本。學報的曝光度不高，但由於是學報，審查稍微嚴謹一些。

第三，由商業出版社出版的期刊，包括元照出版社旗下的月旦法學系列的各期刊，以及本土法學雜誌社旗下出版的本土法學各系列期刊。

第四，尚有由政府機構定期出版的法學刊物，還有某些法律學會自己出版的學會刊物等，包括律師公會、專利師工會等。

這麼多的刊物，看起來發表機會很多。不過，由於法律圈非常重視頭銜與身分地位，一個陽春的碩士生要去投稿，很多刊物根本不會進入審稿就直接退稿，因為碩士生的文章沒人要看，其作者也沒有份量或影響力。有些刊物雖然審稿程序非常客觀，但審稿非常嚴格。例如 TSSCI 等級的期刊，非常客觀公正，不會因為你是碩士生就拒絕你的投稿，但審查太過嚴格，基本上碩士生投上的機會幾乎是零。

由於快畢業的碩士生，或已經畢業的碩士生，為了準備申請博士班，要在短時間內，能夠立刻投稿上期刊，必須慎選自己投稿的刊物。不然，一本刊物審查短則三個月，長則半年至一年，若沒有慎選期刊，投稿到不適合自

己論文程度與主題的期刊，等於是浪費等候的時間，最後還被退稿。

　　至於到底你的論文哪一部分適合改寫成短篇文章，又適合投稿哪類的刊物，實在難以說明。這必須藉助你指導教授的經驗，他會告訴你這篇文章適合的期刊。

三、為了博士畢業而做準備

若真的能考上國內的博士班，也不知道該為你高興，還是為你難過。因為，現在博士班越來越不容易畢業。好不容易畢業了，也成了流浪博士。但既然你很想唸博士班，當然還是該恭喜你。

（一）多多投稿

念博士班的期間，我建議要多加發表，因為以後出來找工作，看的就是你發表的能力。甚至，現在許多博士班也已經改了畢業條件，要求畢業前必須有嚴格審稿制度期刊二篇，或發表 TSSCI 等級期刊一篇。這是非常難達到的，因為許多老師，三年內都投不上 TSSCI 等級的期刊。一個老師一年內有一篇 TSSCI 等級文章，就屬於非常會作研究的老師。對老師而言都這麼困難，對博士來說，當然也不容易。

但是，也不能只投 TSSCI。因為投 TSSCI 等級的刊物，太容易被退稿了。可能投了五篇，都被退稿。如果死心眼只投 TSSCI，而一直被退稿，那可能在博士班的五、六年內，都沒有太多發表。但未來找各種工作，發表又是一項重要指標。所以我會建議，好的期刊當然要努力爭取，但普通的期刊也要多多嘗試。

所以，不要太過謹慎，我建議，可以把每學期的期末報告，寫的不錯的，都拿去嘗試投稿看看。

（二）多跟老師做研究計畫

如果老師找你一起做研究計畫，你就應該多把握機會。跟著老師做計畫，從中可以學到很多東西，包括計畫主題的設定、資料的蒐集、文章的撰寫，甚至包括行政事項，包括與行政機關報告、溝通、學校報帳等。不管你在計畫中的角色是什麼，只要你參與過計畫的執行，將來你若自己擔任老

師，也可以知道研究計畫的執行運作。

當然，跟老師做研究計畫也有個好處，就是在計畫的壓力下，你會被老師盯著，幫忙撰寫計畫的部分成果。如果老師大方一點，會願意帶著你，將計畫部分成果一起拿出去發表，包括在研討會發表或期刊論文上發表。老師肯帶你一起掛名發表，等於讓你多了一個發表的機會。

雖然這個計畫中的部分成果初稿，可能是你花了比較多的心力撰寫。但畢竟計畫經費是老師爭取來的，且主題的設定、初稿的修改，老師也有協助。所以，你寫的東西，變成老師帶你去發表，不要覺得老師是占你便宜。因為你不靠老師，自己可能完全都沒機會發表。但是若老師都不給你掛名機會，把你的貢獻完全變成他的文章，都不讓你掛名，那就不必委屈求全，那樣子的老師，真的只是想占你便宜而已。

研究計畫的主題，跟你未來的博士論文不一定相關。但不要認為無關就婉拒。多做各方面的研究，對自己增廣見聞、增加專長，都有幫助。例如，我以前為了學費接了許多翻譯工作，原本翻譯的內容我並不熟悉，為了翻譯我花了不少時間閱讀相關中文資料，先熟悉該領域知識，再努力補強自己知識，然後克服萬難翻譯了自己不熟悉的議題。現在回想起來，也得到許多額外的回饋。畢業之後，我因為有翻譯相關作品，而該領域也好像成為我的專長之一。

（三）爭取教學機會

我有許多本土博士的朋友，在唸博士班期間，為了家計而去補習班教書。我自己也是如此，我在補習班教過憲法、民法，其實我原本不太熟悉民法，但教了幾次之後，民法複習複習，對民法也熟稔起來。

我在博士班時期去台中和新竹的技職學校兼課，什麼課都得接。某些任教科目，一開始我也只是略懂一二，第一次教書也花了很多時間備課。除了資訊法，我還教民法，並不算熟悉。而且當時為了教消費者保護法、智慧

財產權，我花了許多備課時間。但也因為這種難得的機會，我把握住了，因而在教學相長過程中，自己多多補充相關知識，以為了未來畢業後做準備。說來慚愧，由於我必須半工半讀的關係，博士班期間什麼課都教過，但也因此，應徵到教職以後，我敢教或準備好教的科目，也不算少。這些都是附帶的收穫。

附錄一　政大法學評論註解範式（摘錄）

說明：以下附上政大法學評論註解範式供參考。政大法學評論的註腳格式，沒有要求太多的標點符號，個人認為是比較好的註腳方式，應該也是較多法研所學生可以參考的格式。

四、註解格式

（一）所有引註均需詳列出處。如引註係轉引自其他書籍或論文，則須另予註明，不得逕行錄引且需依本刊隨頁註格式。出版年代一律以西元為準。

（二）所有註解請採隨頁註，註解號碼，請用阿拉伯數字，其編號以每篇論文為單位，順次排列。

（三）所引註之文獻資料，若係重複出現，緊鄰出現則註明「同前註」之後加註頁碼；前註中有數筆文獻時，應註明作者；若同一作者有數筆文獻，則應簡要指明文獻名稱；若非緊鄰出現則註明作者及「同註ＸＸ」之後再標明頁數，其他同前。

（四）隨頁註之引用文獻格式舉例如下

1. 中日文書籍、專書論文、期刊論文

書籍：作者姓名、書名、頁碼、出版年月（無月份者得免註）。若某本書為初版，不需註明其版次，僅須列出版年月。但若為二版以上，則須註明版次。

如：黃立，民法總則，頁50-55，2001年1月，2版。

專書論文：作者姓名、篇名、所載書名、頁碼、出版年月（無月份者得免註）

如：蘇永欽，台灣的社會變遷與法律學的發展，載：當代法學名
家論文集，頁 557，1996 年 1 月。

期刊：作者姓名、篇名、期刊名、期別、頁碼、出版年月

如：法治斌，以大為尊或同舟共濟？—由台北市里長延選談起，
政大法學評論，71 期，頁 7，2002 年 9 月。

吳庚，憲法審判制度的起源與發展—兼論我國大法官釋憲制
度，法令月刊，51 卷 10 期，頁 805-825，2000 年 10 月。

2. 英文專書、專書論文、期刊論文

書籍：DEBORAH L. RHODE, JUSTICE AND GENDER 56 (1989).

專書論文：John Adams, *Argument and Report, in* 2 LEGAL PAPERS OF JOHN
ADAMS 285, 322-35 (L. Kinvin Wroth & Hiller B. Zobel eds.,
1965).

期刊論文：Kim Lane Scheppele, *Foreword: Telling Stories*, 87 MICH. L. REV.
2073, 2082 (1989).

3. 德文書籍、專書論文、期刊論文

書籍：*Hoyer*, Strarechtsdogmatik nach Armin Kaufmann, 1997, S. 31.（若
為段碼應註明 Rn. 31）

專書論文：*Roxin*, Gedanken zur Problematik der Zurechnung im Strafrecht,
in: Festschrift für Richard M. Honig zum 80. Geburtstag, 1970, S.
133ff.

期刊論文：*Meyer-Großner*, Das Strafverfahrensänderungsgesetz 1987, NJW
1987, S. 1161ff.

4. 法文書籍、專書論文、期刊論文

書籍：G. Vedel, P. Delvolvé, *Droit administratif*, Paris, P.UF, 12e éd., 1992, t.
2, p. 285.

專書論文：Viney, G., Pour ou contre un "principe général" de responsabilité pour faute., in *Le droit privé français à la fin du XXe siècle: Études offertes à Pierre Catala*, Paris: Litec, 2001, pp. 555-568.

期刊論文：G. Jèze, « L'acte juridictionnel et la classification des recours conteneieux », *RDP*, 1909, p. 667.

5. 官方出版法律條文或判決等政府資料

大法官解釋：司法院釋字第 109 號解釋

行政函示：內政部 (88) 年臺內地字第 8811978 號函

法院判決：臺北高等行政法院 97 年度訴字第 2594 號判決

法院判例：最高法院 81 年臺上字第 3521 號判例

法院決議：91 年度第 14 次民事庭決議，91 年 11 月 5 日

6. 引據其他國法律條文或判決時，請依各該國習慣。

五、參考文獻

（一）在正文之後請開列引用書目（限於正文與註釋中援引過之書籍與期刊文獻），書目請按中、日、英、德、法及其他語文順序排列；中日文排列請按作者（編者）姓氏筆畫數，其他外文請按作者（編者）姓氏字母序。若同一作者有多項參考文獻時，請依年代先後順序排列。

（二）參考文獻格式舉例如下：

1. 中文書籍、專書論文、期刊論文

書籍：作者姓名、書名、出版年月（無月份者得免註）。（若某本書為初版，不需註明其版次，僅須列出版年月。但若為二版以上，則須註明版次。）

　　如：黃立，民法總則，2 版，2001 年 1 月。

專書論文：作者姓名、篇名、所載書名、起迄頁碼、出版年月（無月份者得免註）。

　　如：蘇永欽，台灣的社會變遷與法律學的發展，載：當代法學名家論文集，頁 557-600，1996 年 1 月。

期刊：作者姓名、篇名、期刊名、期別、起迄頁碼、出版年月。

　　如：法治斌，以大為尊或同舟共濟？—由台北市里長延選談起，政大法學評論，71 期，頁 7-36，2002 年 9 月。

　　吳庚，憲法審判制度的起源與發展—兼論我國大法官釋憲制度，法令月刊，51 卷 10 期，頁 805-825，2000 年 10 月。

2. 日文書籍、專書論文、期刊論文

同中文格式。

3. 英文專書、專書論文、期刊論文

書　籍：Hillier, Tim (2d ed. 2000). SOURCEBOOK ON PUBLIC INTERNATIONAL LAW. London: Cavendish Publishing.

專書論文：Adams, John (1965). *Argument and Report*. In: L. Kinvin Wroth & Hiller B. Zobel eds., Legal Papers of John Adams. (MA: Harvard University Press)

期刊論文：Hillier, Tim, *Foreword: Telling Stories*, 87 Mich. L. Rev. 2073 (1989).

4. 德文專書、專書論文、期刊論文

書籍：*Hoyer, Andreas*, Strarechtsdogmatik nach Armin Kaufmann, 1997.

Jakobs, Günther, Strafrecht Allgemainer Teil, 2. Aufl., 1991.

註釋書：原則上參照各註釋書之建議引註方式，若無則依此 *Bonk/ Schmitz*, in: *Stellkens/Bonk/Sachs*, VwVfG, 2. Aufl., 2000.

專書論文：*Roxin, Claus*, Gedanken zur Problematik der Zurechnung im Strafrecht, in: Festschrift für Richard M. Honig zum 80. Geburtstag, 1970, S. 133ff.

期刊論文：*Meyer-Großner, Lutz*, Das Strafverfahrensänderungsgesetz 1987, NJW 1987, S. 1161ff.

5. 法文專書、專書論文、期刊論文

書籍：LZQUETTE(Y.), SIMLER(P.), TERRE(F.), *Droit civil*: *Les obligations*, 11ᵉ éd., Paris, Dalloz, 2013.

專書論文：GAUDEMENT(Y.), « Le juge administratif, futur administrateur ?», in G. Gardavaud et H. Oberdorff (dir.), «*Le juge administratif à l'aube du XXIᵉ sièle* », Acte du Colloque des 11 et 12 mars 1994 pour le quarantième anniversaire des Tribunaux Administratifs, Grenoble, PUG, 1995, p.179-195.

期刊論文：PHILIPPE, (S.-M.) et CYRIL, (B.), « Responsabilité civile », *Juris-Classeur Périodique, Semaine juridique*, n° 17, 2012, 860-867.

附錄二　台大法學論叢格式範本（摘錄）

　　說明：以下附上 2012 年 9 月後台大法學論叢格式範本。這個 2012 年後的格式，受到 APA 格式的影響，要求加上許多標點符號。個人認為在寫作碩士論文時，這並不是一個好的參考格式，因為要花太多的時間做註腳的標點符號。但是在投稿期刊時，如果是非法律學界的其他社會科學界期刊，可能會與這份格式的作法有部分相同，仍可作為參考。

一、註解

1. 本論叢採同頁註（footnote）格式。
2. 註解中引用中文文獻：
   （1）排列次序：作者（個人著作引用不得使用「拙著」）、譯者、出版日期、 篇名、編者、書名、版次、引用頁碼、出版地：出版社。除出版日期外，其餘項目以逗號相隔，其他規定請詳見範例。
   （2）篇名標示：〈主標題：副標題〉，書名標示：《主標題：副標題》。
   （3）卷、期、頁數以阿拉伯數字呈現，如：37 卷 2 期，頁 55-57。
   （4）後註解引用相同著作時，使用「作者，前揭註 xx，頁 xx-xx，……」。
   （5）大法官解釋、法律條文、行政函釋、法院裁判及決議無需註明出處。

   其他格式詳見範例如下：
   （1）專書：王澤鑑（1999），《債法原理（一）：基本理論、債之發生》，頁 110-122，台北：自刊。
   　　　說明：初版無須註明版次。註解中頁碼為引用頁碼（下同）。

（2）譯著：Eberhard Schmidt-Aßmann（著），林明鏘（譯）（2002），〈憲法理念對行政訴訟之影響〉，翁岳生教授祝壽論文集編輯委員會（編），《翁岳生教授七秩誕辰祝壽論文集：當代公法新論（下）》，頁378-380，台北：元照。

（3）書之篇章：戴東雄（2000），〈民法親屬編七十年之回顧與前瞻〉，謝在全（等著），《民法七十年之回顧與展望紀念論文集（三）：物權親屬編》，頁218-235，台北：元照。

（4）同作者專書之篇章：黃銘傑（2011），〈股份有限公司董事長之權限及未經股東會決議所為代表行為之效力：最高法院97年度台上字第2216號判決評析〉，氏著，《公司治理與資本市場法制之落實與革新：邁向理論與實務融合之法制發展》，頁115-146，台北：元照。

（5）期刊論文：王皇玉（2004），〈論施用毒品行為之犯罪化〉，《臺大法學論叢》，33卷6期，頁39-56。

（6）學位論文：詹森林（1984），《物之抽象使用利益之損害賠償》，頁30，國立臺灣大學法律學研究所碩士論文。
　　說明：論文出處單位請用全稱（需包括校及院／系名稱）

（7）司法院解釋：司法院釋字第243號。

（8）法律條文：總統府組織法第4條第1款。

（9）行政函釋：內政部(86)台內地字第8673621號函。

（10）法院裁判：行政法院83年度判字第56號。

（11）法院決議：最高法院85年度第12次刑事庭決議（07/02/1996）。

（12）政府公報：立法院公報處（2006），《立法院公報》，95卷29期，頁3-60，台北：立法院。

（13）報紙：聯合報（12/28/2006），〈跪地大吼 張已請病假 暫停公訴職務〉，A4版。

（14）網頁：證期局網站，http://www.sfb.gov.tw（最後瀏覽日：05/17/2008）。

3. 註解中引用外文文獻：引用外文文獻，請註明作者、論文或專書題目、出處（如期刊名稱及卷期數）、出版資訊、頁數及年代等，引用格式依各該國習慣。例如：

（1）Bruce Ackerman, *Robert Bork's Grand Inquisition*, 99 YALE L. J.1419, 1422-25 (1990).

（2）U.S. CONST. art. I, § 9, cl. 2.

（3）Miranda v. Arizona, 384 U.S. 436 (1966).

（4）Jarass/Pieroth, GG, München 1995, Art. 8, Rn. 4.

（5）Larenz, Allgemeiner Teil des Deutschen Bürgerlichen Rechts, 7. Aufl., München 1989, S. 100ff.

二、參考文獻

1. 除法令裁判、新聞報導等資料性文獻得不列入外，正文（含圖表、附錄）及註腳所引用的所有文獻均需列入參考文獻，放在正文及附錄之後，英文摘要及關鍵詞之前。

2. 參考文獻不加編號，分中文部分與外文部分，中文在前，按作者姓氏筆劃由少至多排列；外文部分請依日文、英文、德文、法文等次序分開排列，並請按作者姓氏筆畫（由少至多）或字母順序（A-Z）排列。

3. 各類文獻之基本格式請參照下列例示，本刊未載部分，請參照 APA 格式。

國家圖書館出版品預行編目資料

別再剪貼論文：教你擠出八萬字法學論文／楊
智傑著. -- 二版. -- 臺北市 : 五南圖書出
版股份有限公司, 2018.07
　　面；　　公分.
ISBN 978-957-11-9800-2（平裝）
1.論文寫作法 2.法學
811.4　　　　　　　　　107010259

1QA5

別再剪貼論文：
教你擠出八萬字法學論文

作　　　者 ― 楊智傑(317.3)

企劃主編 ― 劉靜芬

責任編輯 ― 高丞嫻

封面設計 ― P.Design視覺企劃、王麗娟

出 版 者 ― 五南圖書出版股份有限公司

發 行 人 ― 楊榮川

總 經 理 ― 楊士清

總 編 輯 ― 楊秀麗

地　　　址：106台北市大安區和平東路二段339號4樓

電　　　話：(02)2705-5066

網　　　址：https://www.wunan.com.tw

電子郵件：wunan@wunan.com.tw

劃撥帳號：01068953

戶　　　名：五南圖書出版股份有限公司

法律顧問　林勝安律師

出版日期　2015年9月初版一刷（共二刷）
　　　　　2018年7月二版一刷
　　　　　2024年9月二版五刷

定　　　價　新臺幣300元

經典永恆・名著常在

五十週年的獻禮——經典名著文庫

五南，五十年了，半個世紀，人生旅程的一大半，走過來了。

思索著，邁向百年的未來歷程，能為知識界、文化學術界作些什麼？

在速食文化的生態下，有什麼值得讓人雋永品味的？

歷代經典・當今名著，經過時間的洗禮，千錘百鍊，流傳至今，光芒耀人；

不僅使我們能領悟前人的智慧，同時也增深加廣我們思考的深度與視野。

我們決心投入巨資，有計畫的系統梳選，成立「經典名著文庫」，

希望收入古今中外思想性的、充滿睿智與獨見的經典、名著。

這是一項理想性的、永續性的巨大出版工程。

不在意讀者的眾寡，只考慮它的學術價值，力求完整展現先哲思想的軌跡；

為知識界開啟一片智慧之窗，營造一座百花綻放的世界文明公園，

任君遨遊、取菁吸蜜、嘉惠學子！